얼굴속
내운명

사람은 얼굴 생김새로 99% **운명**이 결정된다!

김광제 지음

사람은 누구나 태어날 때 부모로부터 받은 얼굴이 있다. 이 얼굴 속에는 평생의 길흉화복(吉凶禍福)과 그 비밀, 그리고 삶의 등급인 부귀빈천(富貴貧賤)과 주어진 운명이 있다. 바로 관상인 것이다. 그러나 대부분의 사람들은 좋거나 나쁜 일이 생기면 팔자소관이겠거니 하고 살아간다.

또 관상을 하나의 미신이라고 부정하는 사람도 있다. 이는 생각 자체가 큰 잘못이다.

그 한 예로, 입술 하나만 보자. 남녀 불문하고 어떻게 생긴 얼굴이든 입술이 상하로 뒤집히거나 말린 입술, 뾰족한 입술을 가진 사람은 결혼 운, 자녀 운이 매우 좋지 않고, 딸만 낳거나 이혼을 하게 된다.

입술뿐만이 아니다. 여자의 긴 얼굴도 그렇다. 얼굴이 계란형이고 길면 90%가 과부이거나 이목구비에 따라선 운명까지 관계된다. 여기서 운명이란 비참하게 죽는 것을 말하는데, 이때 눈이 크거나 둥글어도 그렇다는 말이며 이는 악사(惡死)를 피하지 못하게 된다.

　입술과 긴 얼굴뿐만 아니라 눈과 주름, 코도 그렇다. 본문에도 언급했지만 눈이 크고 빛이 강하면 남자는 일면 도둑이나 사기꾼에 관재앙(官災殃)을 면치 못하고, 여자는 남편 운이 없거나 단명하기도 한다.

　이마는 어떤가? 남자의 관운은 이마와 코에서 나온다. 즉 이마나 코가 잘 생기면 그 크기와 생김에 따라 관운과 재물운이 따른다. 그런데 여자가 이마가 잘 생기면 너무 똑똑해서 남편과 불화를 겪거나 과부가 될 수 있다. 그래서 사람은 생긴 대로 먹고 산다고 하는 것이다.

　또 다른 예로 식당과 커피숍엘 갔다고 하자. 음식을 서빙하는 아주머니의 얼굴을 봤을 때 그 눈이 전염성 간염에 걸렸거나 커피숍 종업원의 눈이 지저분한 성병이 걸렸다면 그런 곳에서 음식을 먹고, 차를 마시고 싶겠는가? 이렇게 관상은 일상생활에서 속지 않는 하나의 방법일 수도 있다.

관상은 이목구비만 보는 것이 아니라 질병도 본다.

이렇게 중요한 관상학을 우리는 부정하거나 모르고 지내고 있다.

우리는 매일 여러 얼굴과 마주치며 살아간다. 이 중에는 선한(이로운) 얼굴과 악한(해로운) 얼굴도 있는데, 아무리 잘생긴 얼굴이라도 장단점이 있고 백 점짜리 얼굴은 없다. 여자가 백 점짜리 얼굴이면 화류계 기생의 상이고, 남자가 백 점짜리면 비명횡사나 단명의 상이다.

또한 옛날 사람들의 관상과 현대인의 관상은 다르다. 시대에 따라 변형을 하는 것이다.

이 책은 관상에 대한 전부를 쓴 것은 아니다. 초보자들이 보기에 너무 어렵고 난해한 것은 쓰지 않고 생활 속에서 상대방을 보는 법과 속지 않는 생활 관상을 위주로 썼다. 따라서 이 책을 다 읽은 분들은 시장이나 지하철, 또는 사람들이 많이 모인 곳이라면 어느 정도 사람의 운을 알아볼 수 있게 될 것이다.

또한 유명인들의 관상도 언급함으로써 관상의 중요성과 그 운명의 정확성을 일깨우고자 했다.

책을 펴내도록 도와주신 도서출판 프로방스의 조현수 사장님과 그 외 관계된 모든 분들께 감사드린다.

2011년 10월
김광제

차례

3부 잘난 얼굴, 못난 얼굴

1부

얼굴을 연구하다

동원이가 다니는 서당이 있는 마을은 삼태기처럼 생긴 야산이 둘러싼 한복판 맨 위에 자리 잡고 있었다. 이 마을은 겨울에는 따뜻하고, 여름에는 마을 뒤로 나무가 울창해 시원했다. 또 마을 앞으로는 제법 큰 내가 흐르고 있었다.

터가 좋아 옛날부터 농사를 업으로 살아가는 50여 가구가 살고 있었으며 한약방을 겸하고 있는 서당엔 초등학교나 중학교를 졸업한 10여 명의 아이들이 다니고 있었다.

서당은 안채와 행랑, 사랑채가 있는 구조였다. 안채에는 훈장님의 가족들이 사용하시는데 사모님은 내외의 법도에 따라 아침부터 저녁까지 안채에서 생활을 하시고, 사랑채는 한약방을 겸한 곳으로 훈장님이 사용하시는데, 방이 커서 가운데를 미닫이로 칸막이를 하여 아랫방은 훈장님이 사용하시고 윗방은 학생들이 사용했다. 그리고 밖에는 10명은 족히 앉을 수 있는 넓은 마루가 있어서 약을 짓거나 찾아온 손님들은 대문을 이용하지 않고 마루를 거쳐 방으로 들어갔다.

동원이는 중학교를 졸업하고 서당에 다니며 한학을 배우기 시작했다. 집과 서당과의 거리는 논둑, 밭둑길과 내를 건너 10여 리 남짓 되었다. 아침 일찍 집을 나와 다른 아이들이 오기 전 일찍 가서 훈장님께 큰절로 인사를 드린 후 훈장님 앞에 책을 놓고 뒤로 돌아앉아 어제 배운 글을 강(講 : 공부)한 뒤 다시 돌아앉아 글을 배우는데, 햇수로 벌써 2년째였다.

그날도 아침 강을 끝내고 뒷걸음으로 윗방으로 올라와 앉아 다른 아이들 강의가 끝날 때까지 혼자 속으로 읽으며 기다렸다가 모두 끝나면 함께 소리 내어 읽었다. 그리고 읽기가 끝나자 각자 벼루에 먹물을 갈고 글씨 연습들을 했다.

"내 오늘 어디 좀 다녀올 테니 낮잠 자거나 장난치지 말고 저녁때 소꼴 벨 시간이 되면 가거라. 특히 오병이 녀석 뒷동산 모이 버덩에 올라가 자지 말고!"

훈장님은 학생들에게 주의를 주고 출타를 하셨다. 상갓집의 묏자리를 봐주러 가신 것이다.

점심때가 지나자 구석구석에서 꾸벅꾸벅 조는 아이들도 있고, 몇몇은 집안일이 바쁘다며 돌아갔다. 그런데 저녁나절에 한바탕 소동이 일어났다.

마을 앞 샛길 모퉁이에서 낮술에 취해 흥얼흥얼 게걸대며 비틀걸음으로 서당을 향해 오는 노인이 있었다. 옆 마을에 사는 손 영감이었다. 그는 나이 70이 넘었는데 술을 먹으면 밤잠을 자지 않고 마을마다 돌아다니며 주정을 부려 손 주태, 또는 손 영감으로 부르는데 동네 부인들이 아주 질색을 했다.

"후다닥 툭탁, 휙휙!"

손 주태 영감이라는 것을 눈치 챈 아이들이 작대기 끝에 걸린 거미 새끼들처럼 숨거나 도망가는 소리였다.

"야, 이놈들아, 느덜 이런 시(詩) 아냐?"

어느새 서당까지 온 손 영감이 흙발로 마루에 걸터앉으며 아이들에게 말했다.

굵은 주름이 얼굴 가득한 손 영감은 소 거품을 흘리며 글씨 연습을 하고 있는 동원이에게 말을 걸었다.

"아, 냄새!"

잠방이 앞가슴을 풀어헤친 손 영감의 몸에선 술 냄새뿐 아니라 퀴퀴하고 썩은 냄새가 진동했다.

"너, 이런 시 아냐? 에잉, 이런 것도 모르는 것들이. 예끼, 내가 재미있는 시 하나 가르쳐줄 테니 잘들 들어라. 껙! 워언시-사아마안! 그은 시-여어-노옹창! 딸꾹, 껙! 양협무우-이일치! 카악 퉷! 느응식-일선

강! 이런 재미난 시 아냔 말이다. 이눔들아!"

손 영감이 반 게걸거림으로 시를 읊자 흩어졌던 학생들은 거리를 두고 무슨 소린가 하고 하나둘 모여들었다.

"느으덜 배우는 글은 앞으로 하나도 써먹을 데 없는 글여! 대명천지 개벽 세상에 신학문 쌀라쌀라 코쟁이(미국) 말을 배워야지, 고리타분하게 무슨 하늘 천, 따 지 천자문 명심보감이냣! 예끼, 이 녀석들아."

"그만 집으로 가시죠. 제가 모셔다 드리겠습니다."

더 이상 있다간 무슨 소리가 또 나올지 몰라 나이 많은 달영이가 훈장님이 오시기 전에 모셔다 드리려고 손을 잡았지만 "놔라, 놔라." 하면서 뿌리치더니 마루에 벌렁 누워 코를 골기 시작했다.

다음날이었다.

"한마디로 주책이지!"

전날의 이야기를 들으신 훈장님은 몹시 불쾌해하셨다.

소동을 피운 손 영감은 훈장님과 어릴 때부터 같이 자라온 사람으로, 같은 서당에서 한학을 배웠으며 글씨도 잘 쓰는데 일본 말도 잘해 왜정 때 관청 서기노릇도 했다고 한다. 그런데 6·25 전쟁 때 아들을 잃고 며느리는 재가를 해버려, 술만 먹으면 신세타령에 주책을 부리는 것이다.

이 손 영감이 읊은 시는 유명한 김삿갓의 옥문, 즉 여자 음부를 말하는 것으로, 아무 곳에서 읽거나 학생들이 들어서는 안 되는 시였다.

옥문(玉門)

원시사마안(遠視似馬眼) 멀리서 보면 말 눈과 같고

근시여농창(近視如膿瘡) 가까이 보면 곪은 상처 같기도 한데

양협무일치(兩頰無一齒) 양 볼엔 이 하나 없는 것이

능식일선강(能食一船薑) 능히 배 한 척의 생강을 다 먹었구나.

[원시(遠視)를 원간(遠看)이라고도 함.]

김삿갓이 주유천하 유람생활을 할 때 개성 근처 선착장 옆 주막 앞을 지날 때의 얘기다. 한 남자가 울고 있기에 사정을 들어보니, 남자는 남쪽에 사는 생강장수로 김장철이 되어 생강을 배 한 척 가득 싣고 와서 주막집에 묵으며 생강을 팔았는데 장사가 잘 되는 데다 밤이면 외롭고 쓸쓸해 하루 이틀 기생과 잠자리를 시작한 것이 그만 생강 판 돈을 모두 날려버리고 돌아갈 여비조차 없자 주막에서 쫓겨나 울고 있다는 것이다. 그 이야기를 듣고 지은 시이다.

"훼방도 아니고 심술도 아니고, 나 원 참. 그렇다고 술을 많이 마시는 것도 아니고, 몸이 약해 막걸리 한 대접에 취하면서……. 술만 안 마시면 그런 벙어리와 부처가 없고 말 한마디 없는 사람인데 술 만 마시면 신세 한탄에 저러니…….

시골 사람들의 얼굴과 뒷목을 벌겋게 태운 여름이 지나면서 가을이 되자, 손 영감의 서당 말썽부림도 잊혀갔다. 그런데 이번엔 손 영감 집에 아주 볼거리, 입담거리에 큰 일(구경거리)이 생겼다. 얼마나 큰 일인

지, 동네는 물론 읍내 전체가 발칵 뒤집힌 것이다.

"손 영감 손녀 애경이란 애가 나이도 어린데 깜둥이 어린애를 낳아가지고 왔다며?"

"아, 말도 말어! 내가 봤는데 얼마나 까만지 징그러워서 못 봐줘! 내 대가리 털 나고 그런 애는 첨 봤어!"

"아니? 걔 나이가 몇 살인데 애를 낳았어?"

"열아홉인가 스물인가 됐지, 아마……."

마을에서는 물론, 장날이고 잔칫집이고 사람들이 모이는 곳이면 온통 손 영감네 손녀딸과 검둥이 아이 얘기뿐이었다.

이런 소문을 훈장님이 모르실 리 없었다.

"너도 그 집 애 봤냐?"

동원이가 약재를 썰고 있는 옆에서 지켜보시던 훈장님이 물으셨다.

그 집 애란 손 영감의 손녀 애경이를 말한다. 즉 난리 통에 죽은 손 영감 아들의 딸이다.

"저도 처음엔 애경인 줄 몰랐습니다. 거의 다섯 해만에 만났는데 우연하게 마주쳐 저를 보고 아는 척을 해서 깜짝 놀랐습니다. 지진 머리에다 얼굴은 도깨비 화장을 해서 어릴 때 모습과는 영 달랐습니다. 그리고 아이를 안고 있었는데……. 한 번도 본 적 없는 새카만 아기가 곱슬머리에 황소 눈처럼 큰 눈을 하고 주먹을 빨고 있었는데, 사람을 볼 때 눈알을 이리저리 굴리는 것이 꼭 괴물 같았습니다."

애경이는 동원이와 초등학교 동창이었다. 그러나 나이는 애경이가 두

살 위였다. 6·25 전쟁 중이어서 입학을 못하다가 난리가 끝나고 동원이가 입학할 때 같이 해서 동창이 된 것이다. 그리고 초등학교를 졸업하고 난 뒤 재가를 한 엄마가 와서 데려갔다는 얘기만 들었다. 그런 애경이가 어찌어찌해서 검둥이 아이를 낳아가지고 고향 집에 온 것이다.

군대를 갔다 온 남자들이나 훈장님은 애경이가 무슨 일을 하고 어린 애도 어떻게 해서 낳았다는 걸 알았지만 군대를 가지 않은 동원이나 마을 부인네들은 검둥이 아이를 처음 보고 기절을 할 듯 놀랐다. 게다가 애경이가 허벅지까지 올라간 짧은 치마에 앞가슴이 훤히 드러난 차림으로 마을을 돌아다니며 담배까지 피워 사람들을 더욱 놀라 자빠지게 한 것이다.

"걔 얼굴 바탕하고 입술이 어떻게 생겼더냐?"

훈장님이 동원이를 힐끗 보시며 물으셨다.

"얼굴 바탕과 입술요?"

"너하구 핵교 같이 댕겼으면 매일 봐서 알 것 아니냐?"

"글쎄요."

학교를 같이 다녔다 해도 오랜만에 봤고 지금은 처녀인지 애 엄마인지 이상하게 변해서 동원이는 뭐라고 해야 할지 몰랐다.

"얼굴이 둥근 편 같기도 하고, 사각 같기도 하고 입술도 잘 모르겠는데요."

"보통 때 입술이 다문 입술이더냐? 아니면 아래위로 헤벌어진 입술이더냐?"

"글쎄요."

동원이가 머뭇거리자 훈장님은 말문을 닫으셨다.

동원이는 시간이 날 때마다 훈장님의 한약 처방조제법 책인 〈방약합편(方樂合編)〉과 사람 얼굴을 보는 〈마의상법(麻衣相法)〉 책을 읽고 있었다. 서당에 다니면서 한문도 제법 알아 훈장님이 출타를 하시면 책꽂이에서 상법 책을 몰래 꺼내 봤는데, 사람 얼굴과 이목구비 모양, 그리고 각 부위마다 깨알 같은 글씨로 가득 쓰여 있고 사람의 길흉과 운을 설명해놓은, 한마디로 〈방약합편〉보다 더 재미있는 책이었다. 그런데 그것을 훈장님이 아신 것이다.

"그런 잡술 책은 봐서 뭐하냐. 글이나 열심히 읽고 시간 날 때 약 짓는 법이나 배워서 이다음에 나처럼 약종상 허가 내서 한약방이나 차리면 되지."

"재미있는데요."

"하긴! 약방 하려면 상법 배우는 것이 나쁠 것도 없으니 배워두려무나!"

이렇게 우연히 상법 책을 본 것인데, 훈장님께서 애경이의 얼굴과 입술에 대해 물으신 것을 동원이가 설명을 못하는 것이었다.

"며칠 내로 입술론을 달달 외우도록 하고, 걔 입술과 네 주변 사람들 입술 모양도 어떻게 생겼는지 봐둬라."

"예."

"야! 아까 훈장님이 너한테 애경이 입술이 어떻게 생겼느냐고 물으셨지?"

저녁때 집에 가려고 서당을 나오는데 달영이 형이 물었다.

"예."

"애경이 입술은 벌어진 입술여! 이담에 물으시거든 벌어진 입술이라고 대답해."

달영이의 말에 동원이가 발길을 멈추고 물었다.

"애경이 입술이 벌어진 입술이라고요?"

"그래. 그런 입술은 벌어진 걸로 보는 거여. 걔 어릴 때 보면 위아래 입술이 헤 하고 벌어져서 이빨과 잇몸이 허옇게 드러나지 않더냐? 그런 입술을 벌어진 입술이라고 하는 거여. 나도 관상 책을 읽어서 어느 정도는 알어."

달영이의 말에 동원이는 고개를 갸웃거리며 걷다가 가는 길이 달라 달영이와 헤어졌다.

달영이는 스물여덟 살이고 군대를 갔다 와서 결혼을 해 두 아이를 두고 있었다.

서당 앞 텃밭에는 닭들이 들어가지 못하도록 수수깡 대를 엮어 울타리를 쳤고, 그 안에는 가을 아침 이슬을 머금은 김장용 배추와 무들이 아침 햇살을 받아 더욱 푸른 빛을 내고 있었다.

아침 강을 마치신 훈장님이 바가지로 물을 떠서 일일이 배추 포기마다 물을 주고 계셨다.

"선상님 안녕하세요? 저 윗말에 사는 정환이 어미예요!"

저만치서 할머니 목소리가 들려서 훈장님과 학생들이 바라보니 10여 리나 떨어진 마을에 사시는 할머니였다. 한복 차림의 할머니는 한 손에 달걀 한 꾸러미를 들고 있었고 뒤에는 불룩한 배를 한 젊은 여인이 서 있었다.

"어쩐 일이세요? 이 바쁜 철에······."

물 바가지를 손에 든 훈장님이 굽혔던 몸을 일으켜 인사를 받자 할머니는 며느리의 배를 가리키며 말했다.

"우리 며느린디 애를 가져서 아들인지, 딸인지 궁금해서 진맥 좀 받으러 왔어요."

그러자 며느리의 얼굴을 힐끗 보신 훈장님께서 말씀하셨다.

"아! 첫아이인데 아들이면 어떻고, 딸이면 어때요. 순산만 하면 되죠."

"그래도 궁금해서요."

할머니가 답답해하는 표정을 짓자, 훈장님은 빙그레 웃으시며 말씀하셨다.

"그냥 돌아들 가서 사내아이 이름이나 지어놔요. 할아버지 될 사람이 좋아하겠구먼. 집안에 경사 나셨네그려!"

"아니, 맥 좀 받으러 왔는데, 왜 맥은 안 보시고 애 이름부터 지어놓으라고 하세요?"

할머니는 의아스러운 표정으로 훈장님을 바라봤다.

"허허! 아, 사내이름 지어놓으라고 하면 짐작하실 것이지."

"아니, 그럼 우리 메누리가 아들을 가졌다는 거예요? 맥도 안 보시고 그걸 어떻게 아세요?"

할머니의 입이 함지박 만하게 벌어졌다.

"그래도 맥이나 좀……."

"어머닌, 아들이라고 하시는데……."

옆에서 듣고 있던 며느리가 기쁨과 애교가 가득한 눈 흘김으로 시어머니의 손을 잡았다.

"자꾸 맥은 무슨……. 바쁘신데 얼른 돌아들 가시라니까. 그리고 산달이 가까워오니 일 바쁘다고 무겁고 힘든 일 시키지 말고요."

기분 좋은 할머니는 허공을 바라보며 웃고 있고 며느리는 두 손으로 입을 가리고 있었다. 그러더니 이내 할머니는 며느리의 손을 잡고 되돌아가는 것이 아니라 서당 대문 앞으로 가서 사모님을 찾았다. 마침 안채 마루 위에서 고추 손질을 하던 사모님이 뜻밖의 손님을 보고 마당으로 내려와 두 손을 마주 잡으며 반색을 했다.

이 광경을 지켜보고 있던 동원이는 훈장님이 맥을 안 보고도 아들이라고 한 것이 궁금했다.

"아침나절에 왔던 여자가 아들을 가졌는지 어떻게 아셨나요?"

오후에 아이들이 모두 돌아가고 나자 동원이가 훈장님께 여쭈었다.

"여자 입술이 꼭 다문 가지런한 일자(一) 입에다, 그 집 아들 얼굴도 약간 두툼한 평(丶)입술이니 틀림없는 아들이지……."

"아들인지 딸인지 입술만 보고도 알 수 있나요?"

"그렇단다."

"입술로 아들, 딸을 알 수 있다고요?"

동원이는 눈을 크게 뜨며 다시 여쭈었다.

"그럼 진맥으로는요? 맥으로는 알 수 없나요?"

"맥으로도 알 수 있지. 그런데 번거롭게 젊은 새댁 손목까지 만져가며 맥을 볼 게 뭐 있냐? 입술 한번 보면 그만인 걸⋯⋯."

"그럼 태아 성 구별은 진맥으로도 알 수 있고, 입술로도 알 수 있다는 뜻이네요?"

"그렇단다. 그리고 너 요즘 상법 책 읽고 있지? 상법에서는 입술로 결혼과 이혼 운, 재물, 질병, 그리고 지금 말한 자녀도 본다. 오늘 그 며느리는 선자후녀(先子後女)의 입술, 즉 첫아들 다음에 딸을 낳는 입술이지."

"입술로 아들 딸 낳는 순서까지 알 수 있나요? 그러시다면 딸을 먼저 낳고 나중에 아들을 낳는 선녀후자(先女後子)도 알 수 있나요?"

동원이가 놀라서 다시 여쭌다.

"선자후녀, 선녀후자뿐이더냐? 딸만 낳는 입술과 아들만 낳는 입술, 그리고 대가 끊어지는 무사(無嗣)도 알 수 있는데⋯⋯."

"예? 입술로 그 모든 걸요?"

훈장님 말씀을 들을 때마다 동원이는 깜짝깜짝 놀랐다.

"내가 접때 네 동창이라는 여자애 얼굴과 입술이 어떻게 생겼느냐고 물었었지? 손 주태네 손녀딸 말이다."

"네."

"그 여자애 입술이 보통 때 보면 아래위로 말리듯 벌어지지 않았더냐? 어렵게 생각할 것 없고 이가 보이면 벌어진 거다."

이때 달영이 말이 생각났다.

"가만히 생각해보니 그런 것 같기도 한데요."

"그런 것 같은 게 아니라 그런 입술이 바로 벌어진 입술이란다."

사실 훈장님은 애경이가 어릴 때부터 자라는 과정을 보셨기 때문에 잘 아시면서도 동원이가 아는지 모르는지 물어보신 것이다.

"그러면 저 아랫집 정미 아버지 입술은 무슨 입술인지 알겠니?"

훈장님이 다시 말씀하신다.

동원이는 잠시 생각했지만 얼른 대답을 하지 못했다.

"다른 사람들보다 입도 크고 입술도 두껍다고 느끼지 않냐? 그리고 그 집 딸이 몇이더냐?"

"셋인 걸로 알고 있는데요."

"아직도 무슨 뜻인지 모르겠냐?"

"글쎄요. 전혀 모르겠습니다."

정미네는 딸만 셋인데 정미 엄마의 배가 또 불러 있었다.

"정미 엄마 입술도 평소에 보면 아래위로 벌어진 입술이 아니더냐?"

"옛? 아참, 그런 것 같기도 한데요."

"거기 상법 책 좀 펴보거라."

훈장님은 동원이에게 〈마의상법〉 책을 펴보라고 하셨다.

"다 외웠느냐? 입술론은……."

"외우긴 했는데 뭐가 뭔지 전혀 모르겠습니다. 입술론도 그렇지만 특히 유년운기부위도(流年運氣部位圖)와 얼굴 가득 명칭을 정한 십삼부위총요도(十三部位總要圖)는 더욱 모르겠습니다. 머리가 다 어지러운걸요."

동원이는 내용이 너무 어려운 것 같아서 말씀드렸다.

"그럴 것이다. 하지만 그걸 전부 머릿속에 넣어두어야 한다. 쉽게 외우는 방법은 얼굴 한가운데를 기준으로 이마 위의 천중(天中) 자리에서 코의 중앙 아래로 내려오면서 입을 지나 턱 지각(地閣)까지 좌우를 보면 쉽게 외워지는데 뭐든 외워야 공부가 된다. 그 입술론을 다시 한 번 읽어봐라."

"순위군 치위신 순위구지성곽(脣爲君 齒爲臣 脣爲口之城郭)……."

동원이는 입술론을 읽어 내려갔다.

"뜻을 말해봐라."

동원이가 읽어 내려가자 훈장님은 설명을 해보라고 하셨다.

"입술은 임금이고 이는 신하이며 다시 입술은 입을 둘러싼 성곽이다. 입술의 생김새는 단정하고 두터워야(欲端厚)하며 뾰족하거나 얇으면 못 쓴다(不欲尖薄). 또 입술이 붉어야 좋고 대문을 닫은 듯 꽉 다물어야 한다. 다시 말해 위아래로 뒤집히지 않고(兩脣不反不昻) 위를 향하거나 뾰족하지 않아야(不掀不尖) 좋은 것이다. 돼지나 개, 양, 엎어진 배(覆船)처럼 생겼거나 짧은 입술에 이가 드러나고 검거나 주름이 지면(黑皺) 못 쓰고, 마르거나 조악하고 탁해도 못 쓴다. 이런 입술을 가진 사람은 운명에 걸

림이 있거나 병이 있거나 고생을 하게 된다."

동원이는 아는 대로 해석을 했다.

그런데 입술론을 다 읽었지만 어느 곳에도 아들, 딸을 본다는 구절은 없었다.

"아들 딸 아는 법은 없는데요."

"책에는 없다."

"그러면 어떻게 배우나요?"

"차차 알게 될 거다. 그리고 책에는 열두 개의 입술 그림이 있지만 실제는 그보다 훨씬 더 많단다."

"여기 나온 그림보다 더 많다고요?"

"많고말고! 우리나라 사람 숫자가 얼마냐? 몇천만이고 얼굴과 입술 생김이 제각각인데 책에 나온 그림 몇 개 가지고 되겠느냐? 된다면 세상 사람들 입술이 열두 개로 똑같이 생겨야 되잖겠느냐? 얼굴 바탕을 비롯해서 눈, 코, 입, 귀 등도 모두 마찬가지이고……. 게다가 예를 들어 뾰족한 입술이라면, 큰 입에 뾰족한지, 작은 입에 뾰족한지, 아래가 뾰족한지, 위가 뾰족한지, 전체가 뾰족한지, 뒤집어지면서 뾰족한지, 두껍고 뾰족한지, 얇고 뾰족한지, 이렇게 뾰족한 것만 보는 것도 12종류가 넘고, 해석이 제각각인데 책에는 그렇게 많은 그림과 해석이 있질 않지. 그리고 뾰족한 입술 보는 것은 오랜 경험은 물론, 앞에서 봐서는 잘 모르고 옆에서 봐야 제대로 볼 수 있는데……."

훈장님의 설명은 계속 이어졌다.

"입술이 두껍다고 하는 것도 상하로 두꺼운 입술, 위로만 두꺼운 입술, 아래만 두꺼운 입술, 늘어지듯 두꺼운 입술, 입술 전체가 동그랗게 두꺼운 입술, 두꺼우면서 발라당 뒤집어진 입술이 있는가 하면, 반대로 두꺼우면서 입 안으로 들어가는 듯한 입술, 아주 얇으면서 들어간 입술, 삼각형으로 생긴 입술 등 여러 가지인데……. 말이 나와서지만 입술뿐만 아니라 세상에 똑같이 생긴 것은 하나도 없단다. 당장 넓게는 네 앞뒤 주변으로 보이는 산천초목들을 봐라. 어디 똑같은 것이 하나라도 있나. 사람의 생김새도 이와 마찬가지라 배우기 어렵다는 게다."

동원이가 다니는 서당 길은 오솔길과 논두렁, 밭두렁길이었다. 이런 길을 아침 일찍 가다 보면 고무신 안은 어느새 이슬이 가득해서 발이 젖어 있었다. 그래서 서당으로 들어가기 전에 우물가나 도랑에서 발을 씻고 들어갔다.

오늘도 동원이가 서당에 도착하고 보니 손님이 오셨는지 댓돌 위에 흰 고무신이 훈장님 신발과 나란히 있었다.

"우와, 웬 도사님이!"

방 안에 들어서던 동원이는 훈장님 옆에 앉아 있는 낯선 노인을 보고 입이 벌어지고 말았다.

백발과 긴 수염, 용안(龍眼)의 눈과 대들보 코, 그리고 몸에서 풍기는 위압감에 동원이는 몸이 얼어붙어 버렸다.

"뭘 그리 서 있느냐? 인사드려라!"

동원이가 우두커니 서 있자 훈장님께서 웃으시며 말씀하셨다.

"철퍼덕!"

훈장님의 말씀에 동원이는 자신도 모르게 엎드리고는 큰 절로 인사를 드렸다.

"김동원입니다."

"으음, 그러냐?"

동원이의 절을 받으신 노인은 가벼운 미소로 답을 하셨다.

"오늘 강은 됐으니 그만둬라."

동원이가 훈장님 앞으로 자세를 바꿔 어제 배운 글을 외우려 하자 훈장님께서는 그만두라고 하셨다.

"예."

동원이는 뒷걸음으로 윗방으로 와서 앉았다.

지금 훈장님과 계신 분은 서울에서 오셨는데 '정 차사' 또는 '차사님'이라고 하며 훈장님과는 둘도 없는 붕우지간으로, 학문도 깊고 특히 한의학과 관상에는 대가라고 달영이가 대충 말해주었다.

학생들이 하나둘 모이자 차사님은 바람이나 쐬신다며 밖으로 나가셨다. 학생들이 공부에 방해가 될까 봐 자리를 뜨신 것이다.

"다녀오시구려."

고무신을 신으시는 차사님께 훈장님이 마루에서 인사하셨다.

다음날도 차사님은 아침 일찍 나가셨다. 시골 장 구경과 약초 채집을 다니시는 것이다.

그런 차사님에게 훈장님은 가까운 저수지에서 낚시질이나 하라고 하셨지만 차사님은 미물을 먹이로 속여 잡는 것은 마음이 허락지 않는다고 하셨다.

이렇게 장 구경과 약초 채집으로 소일하시던 차사님은 닷새 후 서울 집으로 돌아가셨다.

차사님이 떠나시고 나자 동원이는 왠지 마음속이 허전했다.

"차사님은 서울에서 무슨 일을 하시나요?"

동원이가 궁금해 훈장님께 여쭈었다.

"뭐 특별하게 하시는 일은 없다."

훈장님은 알 듯 말 듯한 표정으로 창문 밖 먼 산을 응시하며 말씀하셨다.

"언제쯤 또 오시나요?"

"글쎄다. 아마 내년 봄쯤에나 오실지 모르겠다."

"이크, 떴다. 저기 주정뱅이 할아범 또 온다!"

훈장님이 출타하시고 안 계신 오후에 손 주태 영감이 흥얼거리며 또 오는 것을 누군가 보고 급하게 떠들었다. 그런데 긴장을 한 학생들이 가만히 보니 오늘은 손 영감의 걸음걸이가 전과 달리 비틀거리지 않고 술도 그다지 취한 것 같지 않았다.

"훈장님 계시냐? 싫어하는 나 또 왔다."

술 냄새만 약간 풍기는 손 영감은 서당에 오면 항상 같은 자세인, 마루 끝에 두 손을 짚고 자라목으로 방 안을 들여다보며 물었다.

"아침에 나가셨는데요."

누군가가 대답했다.

"나가셨다고? 그럼 담배나 한 대 피우고 가야지."

손 영감은 담배 한 대를 피우고 간다며 마루 귀퉁이 뜰 돌에 걸터앉았다. 그러고는 담배쌈지와 종이를 꺼내 또르르 말아 입에 물고는 부싯돌을 쳐 불을 붙여 한 모금 길게 빨아 긴 한숨과 함께 허공으로 내뿜으며 텃밭을 바라보았다.

"얘들아! 내가 재미있는 얘기 하나 해줄까?"

지난번에는 시를 읽어 곤란케 하더니 오늘은 재미있는 이야기란다.

"너희들 저 앞밭에 누렇게 시들어가는 아욱 보이지? 저 아욱이 왜 아욱인지들 아니?"

마침 텃밭에는 철이 지나 씨가 여물고 잎사귀가 누렇게 뜬 큰 아욱대가 있었다.

갑자기 재미있는 얘기를 해준다는 소리에 흩어졌던 아이들이 몇 발짝 거리를 두고 몰려들었다.

"그러니까 저 아욱이 왜 아욱이냐 하면, 옛날 깊은 산 속에 다 무너져가는 폐사 절이 하나 있었는데 그 절간엔 먹을 것이 없어서 해골과 뼈만 남은 70 먹은 중이 살고 있었다. 먹을 것이 없으니 힘이 없지! 이제나 저제나 죽을 날만 기다리던 중이 하루는 볕이 좋아 밖으로 기어 나와서 있는 힘을 다해 무너진 서까래를 하나하나 쌓기 시작했다. 불을 질러 활활 타면 뛰어들어 다비장(茶毘場)이 아닌 자화장(自火葬)을 하려고 말여! 그런데 앞엘 보니 무너져가는 담장 아래에 잎이 널찍널찍한 풀들이 보이잖아? 서까래를 옮겨 쌓기에 힘이 달린 중은 굶어죽으나 먹고 죽으나 마찬가지라고 생각해서 이름도 모르는 풀을 뜯어다가 장독 밑바닥에 굳어 있는 간장 찌꺼기를 긁어 넣고 끓여먹었지, 한데 독초로 알고 죽을 줄 알았던 중에게 기적이 일어났지 뭐냐. 그날 밤으로 젊은 장정을 때려눕힐 만큼 힘이 나더니 양근(陽根)이 일어나고 난리인 거야. 오줌 누는 역할밖에 못하던 육봉(肉棒)이 놈이 생지랄을 치는데 참을 수가 있나! 수도 없이 용개질을 치다가 공양간에 드나들던 50 넘은 여자 보살을 건드려 자식 아홉을 낳았는데, 소문이 나자 일본 천황과 청나라 황제가 비결이 뭐냐고 급하게 물어오고, 우리나라 임금님은 직접 열 번이나 와서 물어보고 먹고 가곤 했어! 그런데 풀 이름을 알아야지, 그래서 그냥 아이 아홉 낳은 '아홉 풀'이라고 했어. 이가 다 빠지고 말이 새어 '아옥' '아옥' 했지, 그때부터 '아옥'으로 부르다가 '아욱'으로 변한 거여! 저게 바로 그 아욱이니 느덜 아버지한테도 알려들 줘라! 아마 대갈꼭지가 하늘에 닿도록 길길이 뛰며 좋아들 할 거다."

"쳇! 말 같지도 않은 소리!"

"붙이기도 잘 갖다 붙였네!"

아이들이 웃으며 한마디씩 했다.

"그럼 저 상추는요?"

히죽거리며 웃던 오병이가 물었다.

"상추? 저건 더 재미있는 얘기가 있지."

이때다. 저쪽 마루 구석에 앉아 있던 달영이가 벌떡 일어나 내려와서 손 영감의 팔꿈치와 허리춤을 툭툭 치며, "그만 일어나 가시죠! 일어나 가세요!" 하며 손 영감을 일으켜 세우려 했다.

"아니, 왜? 쟤들이 좋아하는 얘기 해주는데, 왜 가라고 해? 내가 얘기 값 달래?"

손 영감은 못마땅한 표정을 지으며 주저앉았다.

"그런 지저분한 얘기 애들한테 하면 안 됩니다. 훈장님이 아시면 큰일 나요!"

"큰 일? 큰 일은 무슨 큰 일?"

사실 상추 얘기는 몇 해 전에 달영이가 들었던 이야기로, 아욱은 남자에 관한 이야기라면, 상추는 여자에 관한 이야기였다. 듣기가 너무 민망해 달영이가 미리 입막음을 한 것이다. 그러자 손 영감은 주저앉은 자세로 다시 담배를 말아 불을 붙여 빨더니 탄식을 했다.

"아이고! 내 팔자도 참으로 드럽지. 무슨 팔자가 이러냐. 개 팔자만도 못하게……. 하긴 생긴 게 그런 걸……."

그러고는 게슴츠레한 눈에 무엇이 보였는지 앞을 바라보며 말했다.

"에구, 저기 저 집에 들어가는 방물장수 저년 얼굴 보니 초년 과부 상판이라 팔자가 내 팔자만큼이나 드럽겠구나. 아, 콧대기와 광대뼈대기 하며, 장사한다고 돌아다니면서 서방질깨나 하겠구나! 내 팔자도 드럽지만 저년 팔자도 참 어지간히 드런 개 팔자구나. 쯧쯧쯧!"

담배를 피우던 손 영감이 저만치 어느 집 안으로 들어가는 광주리 방물장사 여인의 얼굴을 보며 두 번씩이나 중얼거렸다.

지금은 없어졌지만 광주리 방물장사란 바늘과 실, 키니네(금계랍), 활명수, 동동구리무 등 가정에서 필요한 생필품들을 광주리에 담아 머리에 이고 이 동네 저 동네 돌아다니며 팔았던 여인들을 말한다.

"어? 아니……."

깜짝 놀란 사람은 동원이였다. 관상은 훈장님만 보시는 줄 알고 있었는데 뜻밖에도 손 영감이 방물장수 아주머니 얼굴을 보고 줄줄 떠들고 있는 것이 아닌가.

"저렇게 눈깔이 크고 들창 콧구멍 콧대기에 턱주가리도 닳아빠진 주걱턱이니 초년에 서방 잡아먹는 과부상이지……."

중얼거리듯, 뇌까리듯 손 영감이 떠드는 말에 동원이는 어느새 방물장사 여인이 들어간 대문 앞으로 가서 물건을 팔고 나올 때까지 기다렸다. 정확한 얼굴을 보기 위해서였다. 그런데 집 안으로 들어간 방물장사가 사람이 없는지 곧 되돌아 나오다 동원이와 마주쳤다. 식구들이 모두 들판으로 나가 빈 집이라 나온 것이다.

양손으로 머리 위 광주리를 잡은 부인의 얼굴을 본 동원이가 돌아오자 손 영감이 또 중얼거렸다.

"저, 저 궁둥이 흔드는 걸음 좀 봐라. 사방으로 요란을 떨며 걷는 꼴을 보니 동서남북 전부 주고 다니겠구나."

"예?"

동원이는 또 놀랐다. 모두 처음 듣는 말이었다.

마을이 빈 것을 안 방물장사 여인이 마을 어귀를 빠져나가자 손 영감도 자리에서 일어나 툭툭 털며 걸어가는데, 지금까지 주정뱅이로만 생각했던 손 영감이 다시 보였다.

다음날 동원이는 어제 애경이 할아버지 손 영감으로부터 들은 이야기를 훈장님께 말씀드렸다. 그러자 훈장님은 손 영감도 관상을 잘 본다고 하셨다. 그런데 자기 얼굴이 아들자식 다 잃고 가난하고 쓸쓸하게 사는 극자고한지상(克子苦寒之相)이란 걸 알고부터는 술만 먹으면 그렇게 이성을 잃고 주사를 부린다고 했다.

서당의 한겨울 추위는 매서웠다. 눈보라를 칠 때도 있고 눈이 무릎까지 쌓여 길이 막힐 때도 있었다. 그러나 아무리 날이 춥고 눈이 쌓여도 동원이는 결석을 하지 않았다. 군인들이 쓰던 유엔마크 털벙거지 모자에, 장에서 파는 군인들 작업화를 모방해 만든 신으로 무장을 하고 서당엘 다녔다. 그리고 달영이는 낮에 훈장님 방에 불을 한 번 더 때드리고 화롯불도 다시 담아드렸다. 며칠에 한 번씩 지게를 지고 높은 산에 가서 땔나무를 해서 쌓아뒀다가 추운 날에만 낮에 한 번 더 불을 때드리는 것이다.

서당의 즐거움이란 어느 학생이 책을 한 권 떼면(배우면) 책씻이로 한턱 내는 음식에도 있었다. 대부분 인절미나 시루떡을 해오지만 엿을 고

아 오는 학생도 있었는데, 이렇게 해온 음식을 훈장님과 학생들이 나누어 먹었다.

훈장님의 말씀으로는 옛날에는 이런 날이면 시(詩)도 짓고 글씨 쓰기와 붓 그림 그리기 등 대회를 열었는데, 지금은 학생도 많이 없고 사서(四書) 배우는 학생도 없어서 재미가 덜 하다고 하셨다.

여름이 시작된다는 입하(立夏)가 서당 방문을 열자, 동원이가 손꼽아 기다리는 사람이 왔다. 차사님이 오신 것이다.

동원이가 차사님을 그렇게 기다린 것은 그동안 훈장님으로부터 차사님의 대한 간단한 얘기를 들었기 때문이었다. 즉 의학, 서예, 잡술(풍수, 관상, 명리)에 차사님을 능가하는 사람은 아무도 없다고 하셨다.

"너 차사님 앞에서 함부로 까불지 말어!"

달영이가 동원이에게 이렇게 말한 것은 궁금하다고 버릇없이 이것저것 묻지 말라는 말이었다.

"동원이가 관상을 조금씩 배우니 가르쳐주시구랴."

오후가 되어 학생들이 모두 돌아가고 달영이와 동원이만 남아 있자, 훈장님이 차사님에게 이렇게 말씀하셨다.

"관상을 배우겠다고?"

차사님은 빙그레 웃으시며 물으셨다.

"얘는 한약도 배우겠다, 관상도 배우겠다, 지법(풍수)도 배우겠다 하는데, 웬 배울 욕심이 그렇게 많은지 이상한 아이예요."

"허어, 그러냐?"

"여기 서당을 다니면서 나를 돕더니 벌써 약성(藥性 : 한약의 효능)을 꽤 많이 아네요."

옆에서 훈장님이 거드셨다.

"상학(相學)이 얼마나 어려운 학문인 줄 아느냐? 관상학도 약성 공부나, 감여(풍수)공부처럼 세월을 두고 하나하나 경험으로 배우는 학문인데, 그 어려운 학문을 배우겠다니 참 보기 드문 학생이구나."

차사님은 웃으시며 말씀하셨다.

"〈상학서(相學書)〉는 좀 읽었냐?"

"〈마의상서(麻衣相書)〉와 〈수경집(水鏡集)〉을 물어보니 꽤 많이 알던데요."

다시 훈장님이 대신 답하셨다.

"으음, 그러냐?"

"그러면 한번 물어보자."

차사님이 물어보신다는 말씀에 동원이는 무릎 자세로 앉았다.

"그렇다면 얼굴 틀(모양)은 몇 종류가 있느냐?"

"예. 크게 금목수화토 오형으로 보는데 옆으로 긴 가로 사각(금형), 아래로 긴 세로 사각(목형), 이마가 좁고 턱이 넓은 삼각(수형), 이마가 넓고 턱이 좁은 역삼각(화형), 동그란 모양(토형)에 돌출형, 평면형, 저면형이 있습니다."

"으음! 그러면 수경집 첫 장에 나오는 유년운기부위도(流年運氣部位圖)

라든가 십삼부위총요도(十三部位總要圖)의 얼굴 좌우로 있는 240자리(일명 穴)도 다 아느냐?"

"유년운기부위도는 알겠는데 십삼부위총요도의 정확한 자리까진 모르겠습니다."

"전에 내가 유년운기부위도와 십삼부위총요도를 모두 외우라고 했죠." 훈장님이 또 말씀하셨다.

"으음! 그러면 오악사독(五嶽四瀆)과 오성육요(五星六曜), 오관지도(五官之圖. 일명 五觀)는 어떻게 되느냐?"

"화상(그림)과 글자만 읽었을 뿐입니다."

"뜻은 모르고? 그럼 얼굴 오형의 길흉은?"

"얼굴이 뚜렷한 오형이면 가재불성(家財不成)이라 하여 못 쓰는 얼굴로 압니다."

여기서 '가재'란 부귀영화와 수명 장단도 포함된다.

"그리고 얼굴이 크고 코가 작으면 늙어 고생하고(面大鼻小辛苦到老) 얼굴이 크고 머리가 뾰족하면 제 명에 못 살고(面大頭尖終身不了) 얼굴이 얇고 뺨이 없으면 가난하게 태어났거나(面薄無腮必是窮胎) 그렇게 살며, 광대뼈만 있고 얼굴에 살이 없으면 많이 배우나 성공이 적고(有顴無面多學小成) 얼굴 살이 뜨면 집안과 자손이 망하고(面肉浮泛破家損子), 햇볕에 타지 않았는데도 얼굴색이 푸르거나 초록색이면 유병(有病)이거나 음흉한 사람 등으로 알고 있습니다."

"으음, 꽤 많이 아는구나. 그런데 책에 있는 내용과 지금 사람들의 모양과는 맞지 않는 것이 많은데 알겠느냐?"

"맞지 않는 거라고요?"

차사님 말씀에 동원이는 어리둥절해했다.

"책에 있는 문장 그대로 믿고 있는데 틀리다니요?"

"틀린 것이 많단다. 예를 들어, 얼굴 피부가 얽으면(곰보) 명이 짧다고하거나(面皮繃鼓壽必夭亡) 얼굴에 종기가 나고 코가 납작하면 노비나 종이고(面腫鼻匾多爲奴卒), 얼굴 살이 얇으면 30 전에 죽으며(面皮虛薄三十而夭), 얼굴뼈가 굽으면 성질이 흉포하고(面橫骨反胸暴惡傷), 몸이 비대하고 얼굴이 마르면 향락을 즐긴다(身肥面瘦常亨安樂)는 것은 모두 현실과 맞지 않는 것들이고, 또 이[齒]의 숫자가 38개면 제후(帝侯)의 이이고, 36개면 대신(大臣)과 거부의 이란 것도 안 맞는 말들이다. 그리고 그 외 중요한 것은 명궁(命宮), 재궁(財宮:帛), 형제궁(兄弟宮) 하는 12궁 하나만 가지고 사람의 운을 논했는데, 이것도 틀리거나 맞지 않는 것들이 많고, 처첩궁이나 누당(淚堂)도 마찬가지이며, 오히려 입술이나 눈, 코로 보는 것이 더 정확할 때가 많다. 또 문답식으로 된 하지결(何知訣)도 틀린 것이 많아 그대로 믿고 배웠다가는 사람들 앞에서 망신만 당한다. 그러니 어느 한 문장만 믿지 말고 여러 부위와 조합해보는 경험을 쌓고 많은 사람들을 보도록 하거라. 관상공부는 사람을 많이 보면 볼수록 느는 것이니라."

차사님은 궁금한 부분을 잘 설명해주셨다.

(금목수화토 오형 : 모든 얼굴의 기본형이다.)

"다음은 코에 대해서 아는 대로 생긴 모양과 종류를 말해보거라."

"예. 심변관(審辯官)이라고 하는 코는 얼굴의 이목구비와 눈썹 오관 중 중심입니다. 오행상으로 중앙 무기(戊己)인 토(土)에 속하고 의학적으로는 폐(肺)에 속합니다. 종류는 용 코의 용비(龍鼻). 호랑이 코의 호비(虎鼻), 양 코의 호양비(胡羊鼻), 사자 코의 사비(獅鼻), 매달린 쓸개 모습의 현담비(懸膽鼻), 물소 코의 복서비(伏犀鼻), 소 코의 우비(牛鼻), 대나무를 자른 끝 모양의 절통비(截筒鼻：節筒鼻), 마늘 코인 산비(蒜鼻), 복주머니 모양의 성낭비(盛囊鼻), 원숭이 코의 후비(猴鼻), 매부리코의 응취비(鷹嘴鼻), 개 코의 구비(狗鼻), 붕어 머리 모양의 즉어비(鯽魚鼻), 콧날이 상하 좌우로 굽어진 삼만삼곡비(三彎三曲鼻), 칼끝의 검봉비(劍鋒鼻), 콧등이 죽은 요비(凹鼻), 얼굴에 살이 없고 콧등만 날카로운 고비(孤鼻), 콧등에 살이 없는 노척비(露脊鼻), 아궁이처럼 큰 벌렁코의 노조비(露竈鼻), 노루 코의 장비(獐鼻), 오랑우탄 코의 성비(猩鼻), 사슴 코의 녹비(鹿鼻) 등 23종류가 되는 것으로 알고 있습니다."

"흐음! 그러면 코끝(준두)에 살이 없고 들창코면 어떻다고 보느냐?"

"남녀 모두 재산을 탕진하고, 특히 여자는 이혼과 사별이 거듭되는 것으로 알고 있습니다."

"그러면 잘생긴 코를 본 적은 있느냐?"

"아직 못 봤습니다. 그리고 같은 코라도 남자는 좋지만 여자에겐 나쁜 코도 있다고 알고 있습니다."

"어떻게 생긴 코가 그런 코냐?"

"콧날이 일직선이면서 높고 준두 양날(蘭台 廷尉)이 실하면 남자에겐 관운과 재물이 모이지만 여자에겐 고집이 세고 남편 복이 없는 코로 알고 있습니다."

"으음! 잘했다. 하지만 너는 지금까지 책에서 읽은 것뿐이지, 실제로 보며 배운 것은 없을 게다. 그리고 얼굴 생김이란 같은 뱃속에서 나온 삼형제라도 비슷한 얼굴이 있는가 하면, 전혀 다른 얼굴도 있고, 마찬가지로 같은 뱃속에서 나온 세 자매라도 왕후장상의 비가 되어 잘 사는 얼굴이 있는가 하면 요절이나 과부 고신(孤身)의 얼굴이 있다. 이렇게 다른 얼굴들을 다 배워야 한다는 것이다."

"네!"

"껄껄껄."

훈장님은 소리를 내어 웃으셨다. 사실 훈장님은 동원이가 이렇게 많이 알 줄은 몰랐기 때문이었다.

"됐다. 그런데 배우겠다는 마음은 기특하다만, 여기엔 지켜야 할 '율(律)'이란 게 있다."

"율이라고요?"

동원이는 처음 듣는 말이라 대답을 하지 못하고 양쪽 귀만 곤두세웠다.

"어렵게 생각할 것 없다. 네가 배운 책 속에 있는 글인데, 앞으론 이걸 지키며 배워야 하고 배운 후에도 지켜야 한다는 뜻이다."

다시 훈장님이 말씀하셨다.

"명심보감은 뗐느냐?"

차사님이 물으셨다.

"예!"

"그렇다면 명심보감 언어편(言語篇) 셋째 줄에 '군평(君平)'이 한 말과 넷째 줄에 '입구(口)'에 대한 말이 있다. 알면 한번 외워봐라."

동원이는 명심보감을 뗀 지 여러 달이 지나서 얼른 생각이 나지 않아 뒤통수를 긁적이며 기억을 되살렸다.

"구설자 화한지문 멸신지부(口舌者 禍患之門 滅身之斧). 입과 혀는 화와 근심의 근본이요. 몸을 망하게 하는 도끼와 같으니 말을 삼가야 하고, 구시상인부 언시할설도 폐구심장설(口是傷人斧 言是割舌刀 閉口深藏舌). 입은 사람을 상하게 하는 도끼요. 말은 혀를 베는 칼이니 입을 막고 혀를 깊이 감추면 몸이 편하다는 뜻입니다."

동원이는 간신히 생각해 말했다.

"그렇다. 상법은 특히 입을 조심해야 한다. 즉 내가 어느 사람의 운명을 안다고 함부로 떠들지 말라는 뜻의 율이라는 게다."

"예! 명심하겠습니다."

동원이는 머리를 숙여 대답했다.

"다음으로, 관상이란 학문은 많은 사람의 얼굴들을 보고 서로 비교해 가며 배워야 한다. 교과서처럼 스승 역할을 하기 때문이다."

"예."

"그리고 네가 읽은 〈마의상서〉나 〈수경집〉은 청나라(중국) 관상 책들 4, 50종류가 되는 것을 중요한 내용들만 추리고 다듬어서 만든 것인데 내용은 비슷비슷하다. 열심히 배우거라."

"휴~."

동원이는 이마와 등에서 식은땀이 흐르는 것을 느꼈고, 호된 시험을 치른 기분이었다.

다음날이었다.

"동원이 아침 공부 끝났느냐?"

"예!"

"그럼 나하고 장 구경이나 가자."

동원이가 글쓰기를 끝내고 주섬주섬 지필묵연(紙筆墨硯)을 정리하는데 차사님께서 말씀하셨다.

"장 구경요?"

"그래. 오랜만에 장 구경이나 한번 가자. 사람들이 많을 테니……."

차사님의 말씀에 동원이는 꿈인지 생시인지 모를 정도로 뛸 듯이 좋았다. 공부도 공부지만 속으론 약장수들이 원숭이를 데리고 재주 부리며 노래하는 구경이 재미있었기 때문인데, 언젠가도 장에 갔다가 약장사들 구경에 해지는 줄 모르고 저녁이 되어서야 왔다가 부모님으로부터 꾸지람을 들은 적이 있었다.

아지랑이가 피어오르는 신작로 길을 걸어서 한 시간 거리인 장에 도착하니 이미 많은 사람들로 북적였다.

장은 가운데 넓은 공터를 기준으로 양쪽으로 길게 기와집과 초가집들이 처마를 이어 지어졌고 고무신가게, 포목점, 국밥집, 국수집, 잡화가게, 푸줏간(정육점), 농기구를 파는 철물점 겸 대장간 등이 있었다. 복판과 사이사이엔 사과 궤짝 위에 물건을 진열한 좌판상, 노점상들이 줄을 이어 있었고 시장 한복판엔 벌써 동원이가 좋아하는 약장수들이 와서 떠드는 소리가 확성기를 통해 울려 퍼지고 있었다.

"자, 지금부터 사람들의 얼굴을 봐라! 어제 말한 대로 모두가 너의 스승이고 교과서가 되는 얼굴들이다. 부귀빈천과 수명장단, 길흉화복, 흥망성쇠, 자손유무, 희노애락, 그리고 미추(美醜)와 선악이 모두 저 얼굴들 속에 들어 있으니 잘 보고 배워라."

차사님은 조금 높은 지대에 서서 사람들을 내려다보시며 동원이에게 말씀하셨다.

차사님이 사람들을 보라고 했지만 동원이의 마음은 딴 곳에 있었다. 눈과 귀는 약장수, 코와 입은 찐빵과 가마솥과 엿판에 가 있는 것이다.

"뭘 보냐? 한눈 팔면 못 쓴다."

동원이가 약장수들이 떠드는 쪽을 보고 있자 차사님은 야단을 치셨다.

"저기 국수 먹고 있는 부인들 얼굴들 좀 봐라."

차사님이 턱 끝으로 가리키는 곳을 보니 조금 떨어진 곳에 아주머니 6명이 맨바닥에 쪼그리고 앉아 국수를 먹고 있었다.

"저 얼굴들은 모두 독신상이다. 아마 6·25 전쟁 과부들일 게다. 하지만 나중에 다시 남편을 얻는 얼굴도 있고, 또다시 과부가 될 얼굴들도 있다."

차사님은 딱 잘라 말씀하셨다.

"전쟁 과부? 또다시 과부?"

차사님의 말씀에 동원이는 무슨 뜻인지 몰라 그저 멀뚱거리며 바라볼 뿐이었다.

"저 여인네들에게 가까이 가서 눈치 못 채게 이목구비 오관(五官)과 눈썹에 목까지 잘 살펴보고 오거라."

차사님의 말씀에 동원이는 아주머니들 곁으로 가서 물건을 구경하는 척하며 얼굴을 살피는데 그런 것을 아는지 모르는지 그들은 왁자지껄 떠들면서 국수만 먹고 있었다.

"어떠냐? 제대로 봤냐?"

조금 후에 동원이가 돌아오자 차사님이 물으셨다.

"보긴 했는데 수건을 쓴 아주머니도 있고, 국수를 먹느라고 머리를 숙여 잘 보이질 않았습니다. 잘 볼 줄 모르기도 하고요!"

동원이가 도리질을 하며 말했다.

"뭔 얼굴이 뭔 얼굴인지 하나도 모르겠지?"

"네."

"잘 들어라. 저 아주머니들 오관엔 과부살이 하나가 아니고 두셋씩 있어서 두세 번 서방을 얻어가는 얼굴이고, 돈 많은 부자상은 한 사람도 없다. 자녀도 가는 곳마다 낳는 얼굴도 있고, 딸만 낳는 얼굴도 있고, 딸만 셋을 낳고 나이 40에 죽는 얼굴도 있단 말이다. 오관이란 이목구비(耳目口鼻) 외 눈썹(眉)까지를 말한다. 귀는 채청관(採聽官), 눈썹은 보수관(保壽官), 눈은 감찰관(監察官), 코는 심변관(審辨官), 입은 출납관(出納官)이다. 하지만 실제로는 얼굴 바탕까지 해서 육관(六官)으로 본다. 저런 얼굴들을 가리켜 고생이 많고 거칠게 살아가는 '고로지상(苦勞之相)' 또는 '황곤지상(荒困之相)'이라고 한다."

"고로지상, 황곤지상."

동원이는 속으로 중얼거리며 외웠다.

"지금 말씀 중에 과부살이 두셋씩 있다고 하셨는데 얼굴 중 어디가 그런가요?"

"남자가 여자를 꺾는 극처상(克妻相)이나 여자가 남편을 꺾는 극부상(克夫相)을 보는 데는 얼굴 바탕과 코(鼻), 눈(眼), 광대뼈(顴), 입(口), 입술(脣순), 이마, 귀, 목 모두를 본다. 이목구비에 목 전체가 해당된다는 말이다. 그런데 지금 저 아주머니들 얼굴에는 서까래 코인 여자, 올빼미(부엉이) 눈인 여자, 이마가 좁고 턱이 넓은 여자, 큰 얼굴에 눈이 작으며 동그랗고 광대뼈가 나온 여자, 얼굴이 긴 말상 여자, 입술이 뾰족하고 뼈드렁니인 여자가 있다. 그래서 남편을 두세 번 얻는다는 얘기다."

두세 번 남편을 얻는다는 말에 동원이는 기가 막혀, 문득 자기 어머니도 그런 얼굴인가 하고 집에 계신 어머니 생각을 해봤다.

"두셋 이상이 있는 얼굴도 있나요?"

"두셋이 뭐냐. 다섯 개나 있는 얼굴도 있는데, 몇천 명 중에 한 사람 꼴로 그런 얼굴이 있다."

"어떤 형의 얼굴이 제일 나쁜가요?"

"네가 엊그제 말한 오형(五形) 아니더냐? 각이 심하게 진 형은 무조건 나쁘다고 보면 된다."

동원이는 차사님 앞에서 시험을 치르고도 또 여쭈었다.

"오늘은 처음이니 모르는 게 당연하다. 배고픈데 밥이나 먹고 봐라."

차사님은 동원이를 국밥집으로 데리고 가셨다.

그런데 이때 아주머니들이 국수를 다 먹었는지 손등으로 입을 쓱쓱 문지르며 일어났다.

"다시 한 번 가볼까요?"

"배 안 고프냐?"

"보고 와서 먹지요."

동원이는 아주머니들이 다른 곳으로 갈까 봐 얼른 몸을 돌려 빠른 걸음으로 따라갔다.

아주머니들 옆으로 간 동원이는 아까처럼 힐끔거리며 눈, 코, 입, 이마 등을 자세히 살폈다. 그러나 다시 봐도 잘 알 수가 없었다.

"뭐가 뭔지 영 모르겠습니다."

동원이는 보고 와서 또 같은 말을 했다.

"그래서 장엘 오자고 한 것이다. 그러면 이번엔 다시 가서 여러 사람을 한꺼번에 보지 말고 얼굴이 긴 여자 하나만 찾아보고 와라. 얼굴이 길어 말상이라고 한 여자 말이다."

차사님 말씀에 동원이는 다시 뛰어갔다가 되돌아왔다.

"예, 봤습니다. 확실히 봤습니다. 역시 얼굴이 길던데요. 코도 높고 길고요."

"거봐라. 그 얼굴이 바로 독신(과부)상이란다. 나머지도 봐야 하는데 우선 밥이나 먹어라."

돈이 없기도 하고, 아무 때나 쉽게 먹을 수 없는 국밥! 차사님이 사주신 뜨거운 국밥을 땀 흘려가며 후후 불어 먹는데 정말 맛이 있었다.

"밥을 먹었으니 저기 시원한 데 가서 조금 앉아 쉬며 내 말을 들은 다음 사람들을 보자."

차사님은 땀을 흘리는 동원이를 데리고 응달진 처마 밑으로 가셨다.

"네가 지금껏 저 아주머니들 얼굴을 못 본 것은 학문이 짧아서가 아니라 보는 방식을 모르기 때문이다. 이제 내가 사람 쉽게 보는 방법을 알려줄 테니 잘 듣고 따라하면 도움도 되고 빠를 것이다. 우선 얼굴을 보는 법은 얼굴판이 길든, 둥글든, 사각이든 어떻게 생겼든 이목구비가 얼굴의 적재적소에 들어앉았느냐 하는 것이다. 그래서 이목구비가 얼굴에 빈틈없이 고루 자리하고 있으면 최고로 잘생긴 얼굴이고, 그렇지 않고 거리를 두거나, 균형이 맞지 않거나 하면 못생긴 얼굴이다. 다시 말해 얼굴판에서 이마와 눈과 코와 입과 턱이 앞으로 나온 유선형이면 상급이고, 평면이면 중급이며 안으로 들어간 오목형이면 하급이다. 또 눈은 큰데 코는 아주 작거나, 코는 큰데 입이 너무 크거나 작거나 하는, 즉 어느 것 하나라도 크기가 다르고, 그 놓인 위치의 거리가 좌우상하로 맞지 않을 땐, 균형과 틀이 깨져서 못생긴 얼굴이다. 이처럼 잘생겼든 못생겼든 모두 상중하로 나눠본다. 그리고 또 하나 중요한 것은 얼굴에서 눈은 해와 달을 뜻하고, 코는 큰 산맥이며, 콧구멍은 하천(강), 입은 바다를 뜻하는데 이 모두에는 생사(生死)와 음양(陰陽)이 있다. 다시 말해 해도 언제나 맑게 비추는 해가 아니고 구름 낀 해가 있으며, 달도 보름달이 아니라 기운 달이 있고, 산도 날카로운 산과 그늘진 산, 험한 산, 죽은 산이 있으며, 하천 물도 계절에 따라 청수와 탁수, 그리고 냉·온수로 흐른단 말이다. 따라서 사람의 얼굴도 이들처럼 길흉화복이 있어서 무슨 형의 얼굴이든 균형이 제대로 잡혔는지 먼저 보고 나서 얼굴에 자리한 오관의 생김새와 위치를 책에서 배운 대로 판단해야 한다. 그게 빠른 방법이다. 또 한 가지는 사람의 머리는 해나 달을 닮고 눈이나 코, 입은 용을 닮아야 길하다(남자)."

차사님의 말씀을 듣고 보니 무턱대고 봤던 얼굴들을 이젠 자세히 볼 수 있을 것 같았다.

"자, 그럼 지금부터 다시 사람들 얼굴을 보자. 너는 오늘 한 사람의 얼굴만 봤지? 앞으로 나머지 저 아주머니들 얼굴을 다 보고 가자. 그래야 장에 온 보람이 있으니……."

자리에 앉은 동원이에게 차사님이 말씀하셨다.

"예."

이렇게 해서 동원이는 개미 쳇바퀴 돌듯 하며 여섯 사람의 얼굴을 다 돌아봤다.

"알아보겠냐? 알아봤다면 모두 머리 속에 기억을 해야 한다. 그리고 너는 오늘 다섯 명밖에 못 봤다. 적으면 적고 많으면 많은 얼굴인데, 이렇게 보고 배우길 10년은 해야 제대로 보게 된다."

"10년씩이나요?"

"10년도 짧다. 여기 장에 하루 종일 움직이는 사람이 많은 것 같지만, 100~200명 안팎이다. 사람의 운을 보는 데는 천 명을 보면 기초가 되고, 만 명의 얼굴을 읽으면 실수가 없고 개안(開眼)이 되어 신의 경지에 오르게 된다. 사람 얼굴 읽는 눈이 트여야 한다는 말이다. 그런데 만 명이란 숫자를 언제 보겠냐? 그래서 10년이란 세월을 봐야 한다는 거다."

"어휴!"

"10년도 짧지. 사람들의 얼굴도 자꾸 변하니 말이다!"

그런데 이때 아주머니들이 약장수 구경을 하려는지 한곳으로 몰려가고 있었다.

"또다시 가서 이번엔 네 눈에 드는 아주머니 얼굴만 봐라. 어떻게 생겼는지를……."

"예."

차사님의 말씀에 동원이는 한 아주머니 옆으로 가서 입만 바라봤다.

확실히 다른 아주머니들과 달리 입이 뾰족하고 광대뼈가 나온 것을 알 수 있었다.

"다음엔 눈을 돌려 옆집 고무신 가게 주인 아주머니 얼굴을 봐라. 지금 본 아주머니들과는 다를 거다. 그리고 사람을 볼 땐 항상 상대방이 눈치 채지 못하게 조심해야 한다. 빤히 쳐다봐서 도둑놈, 쓰리꾼으로 오해 받을 수 있으니까. 특히 여자는 더하니……."

"예!"

차사님 말씀에 동원이는 10여 보 떨어진 곳에서 신발가게 주인 아주머니 얼굴을 훔쳐봤다.

"어떠냐? 잘생겼느냐, 못생겼느냐? 네 느낌에 부자인 복상으로 보이느냐, 아니면 가난한 빈상으로 보이느냐 이 말이다."

"……."

"시골에서 저런 얼굴은 참 복상이다. 약간 둥근 얼굴에 오관이 뚜렷하고, 웃지 않아도 코 옆에서 입가로 이어지는 법령(法令)과 살결도 깨끗하고……."

차사님의 말씀을 듣고 보니 주인 아주머니의 얼굴은 고운 피부에 살집도 좋고 인상도 좋았다. 한마디로 예뻤다. 그래서 그런지 고무신 가게는 다른 가게들보다 크고 물건도 많았다.

"그럼 여기서 저 아주머니 얼굴만 복상인가요?"

동원이는 다시 여쭈었다.

"왜 저 얼굴뿐이겠냐. 이목구비에 따라 수십 종류나 되는 걸……. 그리고 저 여잔 복상이긴 하지만 목이 짧고 가늘어서 수명이 좀⋯⋯."

"수명요? 명이 짧다는 뜻인가요?"

"지금 네 짧은 학문에선 쉬운 설명이 아니다. 공부와 오랜 세월이 필요하다. 다음은 저기 술집에 나이가 좀 들어 보이는 주인 아주머니 얼굴을 봐라. 저런 얼굴을 가리켜 속된 말로 쪽정이 빈상(貧相)이라고 한다."

"쪽정이 빈상요?"

차사님이 가리키는 술집엔 나이 지긋한 아주머니가 허리를 구부려 가마솥에 무언가를 끓이고 있었다.

"봤으면 다시 고무신 가게 아주머니와 저 술집 아주머니 얼굴과 비교해봐라. 어디가 다른지⋯⋯."

차사님 말씀에 동원이가 잘 살펴보니 고무신 가게 아주머니와 술집 아주머니는 확실히 다름을 알 수 있었다. 즉 술집 아주머니는 짜글짜글한 눈에 얼굴은 약간 길고 이마에서 입까지 안으로 죽었으며 주근깨가 많았다.

"저런 얼굴은 남편도 없고 자식도 없는 무부무자(無夫無子)에 힘들게 살아가는 '곤곤지상(困困之相)', 즉 과부상이다."

"조금 전엔 '고로지상' '황곤지상'이라 하셨는데 '곤곤지상'과는 다른가요?"

"비슷한 뜻이지. 다들 사내 복이 없는 얼굴들이니⋯⋯."

"역시 그렇구나."

다시 흙벽돌 담장 옆으로 가서 주인 아주머니의 얼굴을 살피니 차사님의 설명이 정확했다.

"너 어제 코에 대해 말할 때 읽기만 했고 많은 코를 못 봐서 모른다고 했지? 저기 약장수들 약 파는 곳에 사람들이 많이 모였으니 구경도 하면서 실컷 눈여겨봐라. 허나 좋은 코는 없다."

구경하라는 차사님 말씀에 동원이는 속으로 신이 났다. 원숭이 재롱과 예쁜 여가수의 노래 소리에 정신은 아까부터 그쪽으로 쏠려 있었기 때문이었다.

"차사님은 구경 안 하시나요?"

"됐다."

동원이는 노래와 원숭이 재롱에 입들을 헤벌린 채 넋을 잃고 구경하는 사람들 틈새를 비집고 들어가 맨 앞에 앉아서 조금 이상하게 생긴 얼굴과 코다 싶으면 뚫어지게 바라봤다. 그런데 사람들이 너무 많고 얼굴이 제각각이어서 무엇이 좋고 나쁜지 분간이 안 됐다.

여자 가수의 노래와 원숭이 재롱이 끝나고 약 선전을 하자 사람들이 흩어졌다. 동원이도 차사님 곁으로 왔다.

"어떠냐? 많이 봤냐? 저 구경하는 사람들 중에 납작 돼지 코 늙은이랑 버선 들창코 아가씨가 있었는데 안 보이더냐?"

"납작 돼지 코, 버선 들창코요?"

"저기 사람들 제일 많이 몰려 있는 가운데 입을 헤벌리고 웃고 있는 늙은이 코가 돼지 코다. 가봐라."

차사님 말씀에 동원이는 다시 사람들 틈을 비집고 들어갔다. 그런데 죽은 콧날에 뻥 뚫린 콧구멍을 한 사람을 보고는 깜짝 놀랐다.

"앗! 저 할아버지는 애경이 할아버진데!"

아까는 워낙 사람들이 많은 가운데 비집고 앉아 있어서 못 봤었다.

동원이가 바라보는 앞 건너편엔 주태 영감도 와서 넋을 놓고 구경하고 있었다.

'애경이 할아버지 코가 돼지 코라니, 저런 걸 여태 모르고 있었구나!'

신기한 동원이가 다시 살펴보니 코끝이 납작하고 구멍이 뻥 뚫린 것이 정말 돼지 코였다.

차사님은 약장수 구경을 안 하신다고 하면서도 사람들의 얼굴을 모두 읽고 계시면서 동원이에게 가르친 것이다.

"다음은 저기 머리를 기른 젊은 여자 코를 봐라. 늙은이는 돼지 코였지만 이번엔 버선 들창코다."

"버선 들창코?"

차사님은 다시 구경하는 여자를 가리키며 말씀하셨다.

"아, 그렇구나, 그런데 저 여자는 내가 아는 여자인데……."

차사님이 가리키는 여자는 동원이도 아는 여자였는데, 코끝이 버선 끝처럼 위로 솟았고 콧구멍도 뻥 드러나 있었다.

"다음은 이쪽 앞에 앉아서 담배를 피우고 있는 남자 코를 봐라. 개코다."

개 코라는 남자는 시골에서 보기 드물게 양복을 입고 있었다.

"저런 코를 개 코로 보는구나. 낄낄낄."

동원이는 웃음이 절로 났다.

"이제 어느 정도 알겠느냐? 개 코는 흔한 코가 아니다. 남자가 개 코면 보통 사람보다 한수 위의 코로, 조금 잘생겼다는 얘기다. 어떠냐, 재미있냐?"

"예. 재미있습니다."

동원이는 돼지 코, 들창코, 개 코인 사람들을 번갈아 본 뒤 차사님 곁으로 다시 왔다.

"돌아가면 책에서 비론(鼻論)을 다시 읽어보고 돼지 코와 들창코를 비교해봐라."

"그런데요. 차사님! 들창코인 저 여자는 제가 아는 여자인데 여름에도 쌀밥 먹는 부자인데요! 그런데도 망하나요?"

"그건 네가 모르는 소리다. 버선 들창코는 씀씀이가 헤프고 사치도 심해서 다 털어먹는다. 책에서 안 읽었냐? 벌렁코에 아궁이처럼 드러나면 비공앙조악패악사(鼻空仰灶惡敗惡死)라는 말을……. 그뿐이 아니다. 납작코, 좌우로 이리저리 굽은 코, 뼈만 드러난 코, 너무 높은 코도 모두 똑같지. 다음은 저기 호미장사 얼굴과 콧구멍을 봐라."

앞을 보니 다 떨어진 가마니때기 위에 호미와 낫 몇 개를 놓고 장사하는 사람이 있었다.

"아니? 저 사람은?"

"아는 사람이냐?"

"네. 제 친구 작은아버지예요."

"저래가지고 무슨 돈을 벌겠냐?"

차사님이 말씀하시는 건 상품인 호미가 많고 적은 것이 아니라 물건을 파는 사람의 얼굴 생김과 콧구멍을 보고 하시는 말씀인데, 작고 좁은 얼굴에 코끝이 아래로 숙인 데다 수박씨, 해바라기 씨처럼 생긴 콧구멍이 바늘구멍보다 더 작아보였다.

"콧구멍이 아주 작아 보이는데 어떤가요?"

"뭐가 어떠냐? 들창코보단 낫지만 게찌(게쩸보의 줄임말) 대회 나가면 일등 먹지."

'게찌'란 일본말로 '구두쇠'인데, 차사님이나 훈장님은 일제 강점기를 사신 분들이라 대화 중에 일본말이 무의식적으로 튀어나왔다.

사실 그분이 구두쇠란 것은 동원이도 어느 정도 알고 있었다.

"이담에 저런 콧구멍 가진 사람 있으면 한번 봐라. 얼마나 구두쇤가! 그런 얌체가 없고 보기만 해도 짠 내가 난단다."

"그럼 저런 콧구멍은 돈을 벌겠네요."

"장사를 잘 해서 돈을 버는 것이 아니라 안 써서 버는 것이지. 평생 절대 주막집 탁배기 한 잔 안 사먹고, 공짜에는 맨 앞줄에 서고……. 한마디로 1전짜리 하나에도 벌벌 떨어 궁상맞고 추하기가 한이 없지. 그렇다고 떼부자가 되진 않는다."

아무튼 그분은 지독한 구두쇠였다. 여름엔 냇가에서 물고기를 잡고 겨울엔 산에서 꿩이나 산토끼를 잡아 고기를 대신하며, 큰 장마 때는 강가와 냇가를 어슬렁거리며 떠내려 오다 걸린 고무신짝을 찾아다녔다.

천성이 그러니 밥 먹는 것도 아까워서 뱃가죽과 등가죽이 항상 붙어 있었다.

"됐다. 오늘은 더 이상 볼 것도 없으니 이제 그만 돌아가자."

"가자고요?"

돌아가자는 말에 동원이는 아쉬운 표정으로 차사님을 바라봤다.

"오늘은 모두 잡상들뿐이다. 천석꾼 얼굴이라도 좀 있으면 보여주려고 했는데 없으니……. 하긴 귀부고상(貴富高相)의 잘생긴 얼굴들이 이런 장바닥에 와서 저런 구경을 할 리가 없지."

다음날, 차사님이 외출을 하시자 동원이는 훈장님께 어제 장에서 본 애경이 할아버지 손 영감의 돼지 코와 들창코에 대해 말씀을 드렸다. 손 영감 얼굴은 코 말고도 눈과 입술 등 관상학적으로 배울 것이 많았는데, 왜 그런 삶을 사는지 궁금했다.

"우당탕 퉁탕! 또 온다. 떴다! 도망가자! 이번엔 많이 마셨나 보다!"

한동안 조용하던 서당에 손 영감이 또 나타났다. 아이들은 전처럼 이리 뛰고 저리 숨고 야단이었다. 주정이 겁나서가 아니라 그 냄새가 싫고 지저분해서였다.

그런데 이상한 것은 꼭 훈장님이나 차사님이 안 계실 때만 용케도 골라서 오는 것인데, 오늘은 더욱 선정적인 시를 읽어 서당을 완전히 뒤집어 놓았다.

흙투성이 맨발로 마루에 걸터앉은 손 영감은 노래 반, 시 반으로 흥얼거렸다.

“부우—연 기—이상 탕! 부우—연 기—이—하 탕! 상—하—부우—우—동 기미이이즉 똥 깔꾹 꿱, 뿌우우—연—기이이일 뿌우—연—기—이이 탕! 이, 이런 재밌는 시 아냔 말이다. 이눔들아! 먼저 것보다 더 재미있단 말이다.”

한 구절이 끝날 때마다 마룻바닥을 탕탕 내려치며 시를 읊던 손 영감은 방 안을 향해 중얼거렸다.

“훈장님 어디 가셨냐? 오늘도 또 나가셨냐? 아! 날도 더운데 애들한테 시원하게 재밌는 시도 좀 가리쳐야 좋아들 할꺼 아녀? 께—엘—꾹—캬악—퉤!”

멋대로 떠드는 손 영감 주변 구석구석에 숨어 있는 학생들의 귀가 쫑긋했다. 김삿갓의 ‘연유장삼장(嚥乳章三章)’이란 시를 읽은 것인데, 지난번의 ‘옥문’이란 시보다 더욱 자극적이어서 민망하게 들렸다.

부연기상 부연기하(父嚥其上 婦嚥其下)

시아비는 위를 빨고, 며느리는 그 아래를 빠네

상하부동 기미즉동(上下不同 其味卽同)

위아래 다르지만 그 맛은 한 가지

부연기이 부연기일(父嚥其二 婦嚥其一)

시아비는 둘을 빨고, 며느리는 하나를 빠네

일이부동 기미즉동(一二不同 其味卽同)

하나와 둘이 같지 않지만, 그 맛은 한 가지

부연기감 부연기산(父嚥其甘 婦嚥其酸)

시아비는 단 곳을 빨고, 며느리는 신 곳을 빠네

감산부동 기미즉동(甘酸不同 其味卽同)

달고 신 것이 같지 않지만, 그 맛은 한 가지

다음날, 어제 손 영감의 일로 서당은 쥐죽은 듯, 아니 찬물을 끼얹은 듯 조용했다. 훈장님도 그렇고 학생들도 말이 없었다. 그리고 아침 공부도 없었다. 훈장님의 표정이 밝지 않자 아이들은 각자 방과 마루에 자리를 잡고 앉아 자습을 했다.

"'부연기상 부연기하' 중얼중얼~ '상하부동 기미즉동' 중얼중얼~ '부연기이 부연기일' 중얼중얼~ 낄낄낄, 키득키득."

"누구냐? 어느 녀석이야? 너 이리 오너라!"

훈장님께서 가뜩이나 속이 상해 아침식사도 거르고 침통한 표정에 팔베개로 모로 누워 계신 이때, 장난기 많고 공부는 꼴찌인 오병이가 엎드려서 붓글씨를 쓰면서 중얼거린 소리를 들으신 것이다.

순간적으로 튀어 오르듯 벌떡 일어나 앉으신 훈장님이 파리채로 방바닥을 탁탁 후려치시며 역정을 내시자 오병이는 훈장님 앞에 무릎을 꿇고 앉았다.

"이 녀석아! 오늘 배운 글 다음날 시키면 한 줄도 못 외우는 녀석이 어떻게 그건 그렇게 빨리 외워서 중얼거리냐!"

훈장님은 얼마나 화가 나셨는지 두 손을 부르르 떠셨다.

"무슨 뜻인지 알고나 중얼거리냔 말이다, 이 녀석아! 그건 함부로 아무 데서나 떠들면 안 되는……. 공부는 젤 꼴찌인 녀석이 어째서 그런 건 그렇게 빨리……."

훈장님의 머리에 쓰신 탕건과 파리채를 든 손은 신 내린 무당처럼 떨고 있었고, 잔뜩 수그린 오병이는 몸 전체를 떨고 있었다.

훈장님이 이렇게 화가 나신 모습은 지금까지 누구도 본 사람이 없었다.

"나 원 참, 고얀 녀석 같으니라고! 너 어제 배운 것 천 번씩 읽고 집에 갈 때는 내 앞에서 달달 외우고 가거라! 못 외우면 종아리 천 대를 맞는다. 알겠냐?"

된통 야단을 맞은 오병이는 눈물을 글썽이며 물러나와 작은 소리로 책을 읽고 있었고, 그런 가라앉은 분위기로 온종일 침울했다.

다음날이었다.

학생들이 모두 왔지만 냉랭한 분위기는 어제와 똑같았다.

"다들 왔으면 앉아 듣거라."

느닷없는 훈장님 말씀에 학생들은 방과 마루로 모여 앉았다. 모두들 궁금한 나머지 무거운 침묵 속에 훈장님의 말씀을 기다렸다.

"잘덜 들어라! 오늘부터 서당 문을 닫는다. 그러니 지금 바로 책을 챙겨서 돌아들 가거라. 그리고 달영이와 동원이는 내가 약방문을 닫고 어디 좀 갔다가 닷새 후에 올 테니 그때나 와서 일을 좀 거들거라."

말씀을 끝내신 훈장님은 자리에서 일어나 밖으로 나가셨다.

"백날 가르쳐봤자 뭐하냐. 못 된 거나 가르친다고 욕이나 먹는 걸……."

아이들이 돌아가고 난 뒤 동원이가 천장에 매달린 약초 봉지들을 손질하고 있는데 훈장님께서 말씀하셨다.

다음날부터 서당과 마을은 조용했다. 글 읽는 소리도, 떠드는 소리도 들리지 않고 대신 엿장수의 가위질 소리와 개짖는 소리뿐이었다.

동원이가 서당으로 가는 길목에는 몇몇 마을이 있었다. 그런데 한 마을에 항상 싸우는 소리가 끊이지 않는 집이 있었는데 동원이도 잘 아는 집이었다.

밥상 내던지는 소리, 사발 깨지는 소리, 세숫대야 집어던지는 소리 등 살림을 전부 때려 부수기 일쑤인데, 싸울 때 악 쓰는 소리는 며느리의 목소리였다.

오늘도 아침부터 싸우는지 동원이가 서당 가는 길에 악을 쓰며 싸우는 소리가 들렸다. 며느리가 시아버지에게 얼른 죽으라고 낫을 내던지는 것을 목격하게 되었는데, 남편에게 시부모와 따로 살자며 싸우다가 벌어진 일이었다. 한마디로 성질이 포악한 여자였다.

서당에 가서 동원이가 훈장님께 그 집 이야기를 하자 훈장님이 물으셨다.

"그 집 며느리 두 번째 들어온 며느리 맞지?"

"예, 첫 며느리는 병으로 죽고, 다시 얻은 며느리입니다."

"그 여자 입과 이, 눈꼬리의 생김새가 어떻더냐? 아는 대로 설명해 봐라."

"얼굴은 갸름하고 광대뼈가 솟고(顴骨生峰), 입은 뾰족하고(口如吹火), 앞니는 뻐드렁니(脣掀露齒)에 눈꼬리는 처져(魚尾下) 있었습니다. 여자 얼굴이 이러면 악면독부(惡面毒婦) 아닌가요?"

"그렇다. 시아버지에게 낫을 집어던지는 여자가 사람이냐? 오륜(五倫)이 하나도 없는 얼굴이지. 그렇지만 어쩌냐, 생긴 게 그런 걸!"

"그렇다면 그 집 남편은 얼굴의 어떤 모양으로 재취(再娶)를 하게 되었나요?"

"아! 턱이 뾰족한 삼각 얼굴과 죽은 코에 입술이 짧고, 윗니 끝도 튀어나오지 않았더냐? 마누라 복이 없는 얼굴이지."

"앗! 그렇구나!"

훈장님 말씀에 동원이는 무릎을 탁 치며 좋아했다. 관상을 배우고 나서 동원이도 그런 생각을 했기 때문이다.

"뻐드렁니에 앞니도 많이 벌어지지 않았나요?"

"참 그렇기도 하지. 정확히 봤구나."

훈장님이 칭찬을 하셨다.

"앞니가 벌어지면 어떻다고 배웠느냐?"

"전시(戰時)에서 우마차 사고로 목숨을 잃거나 불구자가 된다고 알고 있습니다."

지금의 교통사고를 말한다.

"뻐드렁니는 몇 종류가 있더냐?"

"이 끝만 나온 것, 잇몸과 같이 나온 것, 상하가 같이 나온 것, 이 끝이 안으로 구부러지며 나온 것 등 7, 8종류가 됩니다."

모든 뻐드렁니는 하나도 좋은 것이 없다. 만일 소 눈이나 쥐 눈에 뻐드렁니라면 이 역시 홀아비나 과부상이며, 얼굴에 따라선 고약한 성격도 있다.

서당에 학생들이 다시 왔다. 두 달 만에 온 것이다.

학생들이 다시 오게 된 것은 학생의 아버지들이 손 영감네 집에 가서 항의를 해 손 영감이 훈장님께 싹싹 빌었기 때문이었다. 그런데 오병이는 사흘이 지나도 오지 않았다.

"달영이 뭐하냐? 지금 오병이네 집에 가서 오병이 있거든 당장 데려오너라!"

아침 강이 끝나자 훈장님이 달영이에게 말씀하셨다.

오병이가 서당 결석을 한 것은 처음이 아니었다. 서당에 간다고 집을 나와서는 낚시질이나 장에 가서 하루 종일 놀며 농땡이를 피우다가 저녁때가 되면 서당에서 오는 것처럼 집으로 돌아갔다.

"의원님 계신가요?"

아침 강을 하는 중인데 모녀 차림의 두 여인이 서당 앞에 서서 훈장님을 찾았다.

훈장님과 학생들은 젊은 여인의 배를 보고 한눈에 아들, 딸 태아 감별을 받으러 온 것으로 직감했다. 그런데 훈장님께서는 임산부 얼굴을 보시곤 흠칫하시는 눈치였다.

얼굴이 가무잡잡하고 주근깨가 낀 산모는 할머니의 시집간 딸로, 산달이 되어 아이를 낳으러 친정에 왔다가 밥을 못 먹고 기운이 없어 약을 지으러 온 것인데 마루를 올라올 때도 몹시 힘들어했다.

할머니가 진맥과 약을 부탁하자 훈장님께선 진맥이 급한 게 아니니 서둘러 서울 큰 병원으로 가라고 하셨다.

"약을 지으러 왔는데 웬 병원은요?"

병원에 가라는 훈장님 말씀에 모녀는 몹시 섭섭해하며 돌아갔고, 동원이를 비롯해 학생들도 궁금해했다. 약도 짓고 아들인지, 딸인지 답이 나올 줄 알았는데 서울 큰 병원으로 가라고 하니 어리둥절한 것이다.

"오늘 온 임신부는 왜 병원으로 가라고 하셨나요?"

저녁때 동원이가 훈장님께 여쭈었다.

"보면 모르냐? 얼굴에 사기(死氣)가 잔뜩 낀 걸."

"사기요?"

"의원이란 진맥 이전에 환자의 얼굴부터 살피는 것이 우선이란다."

"그것도 관상으로 보시는 것인가요?"

"관상이 아닌 찰색(察色)이다. 얼굴의 색깔을 보는 것이지. 다시 말해 임신부는 예비환자라 얼굴의 색깔을 살펴 병의 유무를 알아야 한다. 옛날이나 지금이나 애를 낳다가 얼마나 많은 여자들이 죽었냐. 그런데 그 여자 눈 둘레와 누당이 검청색을 띠고 얼굴색이 칙칙하지 않더냐? 임신

부 얼굴이 이런 색을 띠면 출산 중에 기력이 소진해서 난산(難産)을 하다
가 죽는단 말이다."

"예? 죽는다고요?"

"그래서 전에 네가 관상을 배운다고 할 때 내버려둔 거다. 관상은 의학
적으로 보는 것과 일반적인 막눈으로 보고 배운 것이 다르기 때문이다."

"한약으로는 안 되나요?"

"대국(중국)의 유명했던 '화타'나 '편작'이라도 못 고치고, 백약도 소용
없다."

관상으로 사람의 운명만 보는 줄 알았는데, 애를 낳다가 죽고 사는
것까지 보다니 훈장님 말씀에 동원이는 그저 놀랄 뿐이었다.

"여기서 좀 쉬었다 가자."

닷새 만에 서는 장날이 되어 차사님과 동원이는 오늘도 장에 다녀오
는 길에 가을 하늘이 높고 날씨가 좋아서 잠시 쉬어갈 겸 논두렁 나무그
늘 아래에 앉았다. 이때 나이 많은 누더기 차림의 남자 거지 3명이 깡통
을 흔들며 차사님과 동원이 앞을 지나갔다.

6 · 25 전쟁이 끝난 후라 거리에는 거지들이 참 많았다. 혼자 다니거
나 떼로 몰려다녔는데 대가족 걸인들도 있었다. 이들은 아침저녁으로
집집을 돌아다니며 밥 동냥을 하고 밤이면 도둑질까지 했다.

"앗! 한 사람은 머리털이 다 빠지고 없네!"

동원이는 지나가는 대머리(禿頭)를 보고 신기해서 바라봤다. 머리가

시원하게 훌러덩 까진 대머리였다.

"거참, 신기하네요. 머리털이 하나도 없다니……. 거지도 대머리가 있나요? 저는 대머리는 부자만 있는 줄 알았는데요!"

"대머리라고 거지가 없냐? 너 지금 논에 있는 메뚜기와 방아깨비 좀 잡아와라. 수놈, 암놈 다 잡아와라."

차사님은 난데없이 방아깨비와 메뚜기를 잡아오라고 하셨다.

마침 벼 포기에는 햇볕을 받은 메뚜기 떼들이 이리저리 날고 있었고, 동원이는 이 중에서 손에 걸리는 메뚜기와 방아깨비를 잽싸게 잡아왔다.

"머리를 자세히 봐라. 어떠냐? 모두 대머리지?"

"어허! 이제 보니 정말 대머리네요."

동원이가 양손에 쥔 방아깨비와 메뚜기의 머리를 보니 지금까지 몰랐던 대머리인데, 방아깨비는 뒤로 좁아지며 훌러덩 까지고, 메뚜기는 방아깨비와 달리 앞이 나온 듯했다.

"메뚜기나 방아깨비나 큰 놈이 암놈이고 작은 것이 수놈인데, 수놈 대가리를 봐라. 어떠냐? 방금 지나간 거지 대머리하고 닮지 않았냐?"

"낄낄낄."

차사님이 동원이가 손에 쥔 방아깨비 머리를 가리키며 말씀하시는데 실제로 보니 웃음이 절로 났다. 반질반질한 것이 똑같이 생겼기 때문이었다.

"만일 저 거지 대머리가 암놈 방아깨비처럼 컸다면 부귀의 대머리인데 수 방아깨비처럼 작아서……."

"작은 대머리는 나쁜가요?"

"대머리에는 메뚜기처럼 이마까지 앞으로 나온 형이 있는가 하면, 방아깨비처럼 뒤로 젖혀진 형도 있고 박처럼 털이 하나도 없는 대머리도 있다. 작은 대머리에는 낙지나 달걀, 도토리 형이 있고 큰 대머리에는 가을에 잘 익은 큰 박덩이나 호박, 문어 형이 있다. 그런데 크든 작든 대머리는 반질반질하게 광이 나고 차돌처럼 단단해야 좋지(大則吉 小則凶), 광이 없고 푸석푸석하면 못 쓴다(無潤凶). 그래서 크고 단단한 대머리는 과학박사, 의학박사, 법률인 또는 큰 회사 사장에게 많고, 작은 대머리는 머슴이나 종에게 많다. 한마디로 돈 없고 마누라 없는 무복(無福)의 대머리라 지금 지나간 거지가 바로 그런 대머리다. 또 대머리가 크다고 해서 모두 좋은 것은 아니다. 얼굴이 날카롭거나 눈매가 사납거나, 이마에 주름이 있으면 아무리 큰돈을 벌고 출세를 했다 해도 일생에 한두 번은 꼭 징역살이를 피할 수 없다. 반길반흉(半吉半凶)이지. 그리고 이 대머리는 태어날 때부터 대머리로 태어나는 것이 아니고 나이 서른 살이 지나면서부터 차차 대머리가 되는데 운명도 이때부터 변하기 시작한다. 즉 크고 단단한 대머리는 출세와 부와 명예의 길로 나가고, 못생기고 작은 대머리는 재산이 흩어지고 홀아비가 되어 말년에 곳집살이(상여 두는 곳) 팔자가 된다. 장터 개국밥집의 개기름, 개털 신세가 되는 거지."

동원이는 차사님의 설명을 듣다가 문득 생각이 떠올랐다. 마을에는 새경도 없이 밥만 얻어먹는 나이 40 중반의 머슴살이하는 사람이 있는데 정말 달걀 대머리에 턱까지 뾰족했다.

"서당에 돌아가거든 신문에 나오는 모기윤, 최덕신, 중공의 모택동, 미국의 아이젠하워 대통령, 영국의 윈스턴 처칠, 그리고 레닌과 후르시초프의 머리를 봐라."

1. 콧등에 가로 주름이 있으면?

　서당에 이웃 마을에 사는 김 씨와 이 씨가 왔는데 이 씨만 약을 짓고, 김 씨는 그냥 따라왔다고 했다. 훈장님께서 이 씨의 맥을 보신 후 첩약을 지어주시며 하시는 말씀이 이 씨보다 김 씨 병이 더하니 전에 임신부처럼 서울 큰 병원으로 가라고 하셨다.

　"저요? 저는 아픈 데가 없는데요!"

　병원에 가보라는 훈장님 말씀에 깜짝 놀란 김 씨가 속으로 이 늙은이 혹시 약 팔아먹으려는 수작 아닌가 하는, 의심의 눈초리로 말했다.

　"병이 없다니 다행일세!"

　두 사람이 방에서 나가 저만큼 멀어지자 훈장님은 혀를 끌끌 차셨다.

　"내가 병원에 가보라고 했지, 약 먹으라고 했나? 사람 참 말귀를 못 알아듣는구먼. 저러다가 나중에 소 팔고 땅 팔아먹지."

　"무슨 중병이라도 걸렸나요?"

　동원이는 약장 서랍을 정리하다가 여쭈었다.

　"얼굴에서 산근(山根)의 위치가 어디냐? 그 사람 얼굴 바로 봤냐?"

　훈장님이 동원이에게 물으셨다.

　"예? 산근요?"

　"산근이란 양 미간 사이, 즉 콧마루와 두 눈썹 사이 약간 아래를 말한다."

　"너 김 씨 집 알지?"

"네! 압니다. 식구들까지 아는걸요."

"식구들은 말할 필요가 없다만, 저녁때 집에 가는 길에 김 씨 집에 들르든지 해서 김 씨가 눈치 못 채게 산근 아래 콧부리 년상(年上)에 뭐가 있는지 살피고 내일 와서 말하거라. 아마 손가락 반 마디 정도의 가느다란 가로 주름[橫紋]이 있을 거다."

"산근 아래 가로 주름?"

동원이는 집에 가는 길에 김 씨 집으로 갔다. 마침 김 씨가 마당에서 소에게 여물을 주고 있어서 쉽게 산근을 살필 수 있었다.

"웬일이냐? 네가……."

"집에 가는 길에 그냥 들렀습니다."

"약 먹으라고 하려고 왔냐?"

"아닙니다."

김 씨는 어제 아침처럼 의심의 눈초리로 동원이를 바라봤다.

그런 김 씨의 얼굴을 잽싸게 훔쳐보니 과연 가로 주름이 있었다. 그러나 유심히 주의 깊게 살피지 않으면 못 볼 정도였다.

'아하! 저거구나, 저게 사람 죽이는…….'

동원이는 소여물 먹는 것을 보는 척하면서 다시 한 번 주름을 살피고 두근거리는 마음으로 돌아왔다.

"어제 집에 가는 길에 김 씨 집에 들러 살펴봤습니다."

동원이는 어제 본 대로 훈장님께 말씀드렸다.

"그런데 일자 주름이 산근자리보다 훨씬 아래에 있던데요. 콧등 중간

되는 년상 자리에요."

"용케도 봤구나. 그렇다면 상법 책 육요(六曜)에서 그림과 질액(疾厄) 편을 봐라. 뭐라고 하는지……. 간단한 설명은 산근 부위가 두툼하고 풍만하면 오복과 장수 등이 좋고, 주름(紋)이나 상처 났던 딱지(痕)가 있거나 낮거나(底) 깊이 파인 듯하면(陷) 못 쓴다고 한다. 여기서 중요하게 말할 것은 '질(疾)'과 '액(厄)'이란 뜻이다. 즉 산근 아래 콧부리 년상에 한일자(一)로 가로 주름이 있으면 앞으로 중병이 생길 징조거나 액운이 닥친다는 뜻이다. 그래서 '질액'이라 한다. 나는 환자들을 상대해서 그런 사람들을 여럿 봤다. 멀쩡한 사람이 콧등에 가로 주름이 생기더니 몇 해 안 가서 난·불치병에 걸려 죽은 사람(疾), 나무에서 떨어져 다치거나 발목이 부러지는 사람, 젊은이가 복상사(腹上死)하는 것도 봤다(厄). 그런

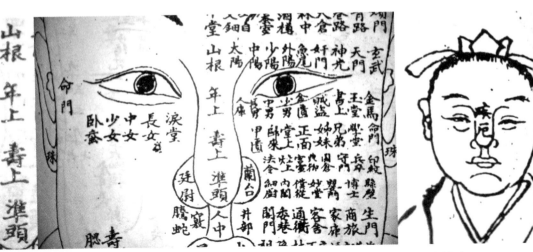

▲ 코의 산근, 년상, 수상 : 병과 재앙이 깊거나 다가올수록 년상의 가로 주름이 아래로 내려온다.

데 이상한 것은 이 주름이 병이 깊어지거나 액운이 다가올수록 위(산근)에서 아래(준두)로 서서히 내려오는 것이다. 다시 말해 주름 있는 자리가 콧부리 년상에 있으면 장차 아프거나 가까운 시기에 재앙이 생길 징조요, 서서히 콧등을 따라 수상(壽上)자리로 내려오면 병이 깊었거나 곧 액운을 당한다는 뜻이다. 그래서 어제 내가 김 씨더러 서울 큰 병원으로 가보라는 것인데, 병이 없다 하니…….”

“병이 있으면 얼굴 오관과 손에 색깔로 나타나지 않나요?”

동원이는 그동안 배운 지식으로 여쭈었다.

“그렇고말고! 병의 증상에 따라 색깔이 나타나지. 그런데 이는 병이 진행되어 깊었을 때 나타나는 것이고, 관상에서 보는 산근 주름은 병이나 재앙이 생기기 이전에 예고를 한다는 것이다. 그러니 어느 게 더 빠르겠냐?”

“그러면 병을 고치면 그 산근 줄무늬가 없어지나요?”

“그게 참 이상한 일이지. 병을 고치면 줄무늬가 서서히 없어지거나 코끝에 와서 멈추니 말이다. 그리고 재액(災厄)도 없어지고…….”

“여기서 약 먹어서 고치면 안 되나요?”

“어제 그 사람 하는 소리 못 들었냐? 돈 없다는 소리! 약 먹을 사람도 아니고 돈 쓸 사람도 아니다. 그냥 앉아서 손발 떨다가 죽을 사람이지. 그뿐이 아니다. 그 사람 부인 얼굴을 보면 눈이 동글고 코도 가늘고 주저앉아 없다시피 보이지. 만일 여자 코가 주저 물러앉은 듯 짧고 가늘면 중년 과부상이다.”

"도대체 과부상이 왜 그렇게 많은 것인가요?"

"먼저 배우지 않았느냐? 오관과 코에 관한 것들을……. 그리고 이런 건 관상에나 있는 학문이지. 어디 미국대학이고 한국대학이고 이런 걸 가르치는 대학이 있나?"

이 사람은 실제로 다음 해에 배가 띵띵 붓더니 훈장님 말씀대로 죽었다.

2. 크게 될 아이의 관상

"고 녀석 어리지만 얼굴에 천지인(天地人) 삼정(三停)이 제자리에 제대로 잡힌 것이 참 잘생겼는데 눈썹이 흠이구나. 부모 덕도 없고…… 허나 장차 크면 누구의 도움 없이도 입신양명(立身揚名), 대기만성의 상이로다."

서당 옆 외양간을 끼고 있는 마당에서 동네 코흘리개 아이들이 앉아서 소꿉장난을 하며 놀고 있는데, 이때 노는 아이들을 보시던 차사님이 한 아이를 보시고 중얼거리시는 말씀이다.

차사님이 지목한 아이는 꾀죄죄한 얼굴과 땟국이 찌든 손에 훌쩍거리는 코 하며 귀여운 곳이라곤 하나도 없고, 옷도 못 입어 고추도 내놓고 놀았다.

차사님의 말씀에 동원이를 비롯해 서당 학생들이 솔깃해 아이를 자세히 봤다. 그런데 그 아이는 바로 엄마가 없는 아이였다.

"아니, 저 애 엄마는 원래 강가 삼거리 술집에 있던 여자인데요. 저 애 낳고 갔어요."

서당 학생 중 누군가가 거침없이 말했다.

강가 마을에는 젊은 난봉쟁이가 있었다. 평소에 일은 안 하고 여름이면 낚시질, 겨울에는 술집만 들락거렸다. 칙칙한 마누라보단 예쁜 작부들이 좋았기 때문이다. 그리고 집과 10리가 넘는 곳에 단칸방을 얻어 남의 눈을 피해 작부와 살림을 차렸고, 그렇게 낳은 아이가 지금의 아이였다. 술집 여자들이 그렇듯이 떠돌이들이 많았는데, 아이를 낳고 눈을 떠보니 남자가 빈털터리란 걸 알게 되고 떠나버려 할머니가 키우고 있는 것이다. 바로 차사님이 그 아이를 보고 크게 될 아이라고 하신 것이다.

그리고 옆의 녀석을 보시더니 미간을 살짝 찌푸리셨다. 어린애가 튀어나온 눈에서 불이 나고 콧날이 길고 삐뚠 매부리코로, 동원이가 봐도 세상을 시끄럽게 할 관상 같았다.

아마 손 영감이 봤다면 솔직히 말해 제 집 안방보단 감옥에 가서 드러눕는 날이 더 많고, 거기서 죽어 나갈 관상이라고 했을 것 같았다.

"어린아이 얼굴로도 미래를 알 수 있나요?"

"왜 어린아이라고 안 나오겠느냐? 옛말에 그 시대 태어나는 아이들 얼굴을 보면 국가의 미래 운명을 안다고 했다. 즉 열 명 중에 일곱 아이 관상이 좋으면 국가가 태평성대를 누리고, 못생기고 빈상이 많으면 가난과 전쟁에 시달린다고 말이다."

"그러면 지금 아이 얼굴이 '천지인 삼정'이 뚜렷하다고 말씀하셨는데 '천지인'이 그렇게 중요한가요?"

동원이는 궁금해서 또 여쭈었다.

"아! 여태 뭘 배웠냐? 얼굴 바탕도 중요하지만 오관의 중심인 천지인이 더 중요하다는 것을 모르더냐? 남자나 여자나 부귀공명 출세 길은 천지인인 이마와 코와 턱이 잘생겨야 된다는 것을……. 삼정이란 어디 어디를 말하느냐?"

"'천지'는 이마(額爲天 : 天庭)와 턱(頦爲地 : 地閣)을 말하고, '인'(鼻爲人 : 鼻)은 코 아래 인중(人中)을 말하지만 실제로는 코를 '인'으로 보아 천·지·인 삼정이라고 하는 줄 아는데요."

"뜻은 알면서 아직 그 생김을 볼 줄 모르니 그러는 거다. 그런데 여기서 한 가지 더 볼 것은 '미릉골(눈썹이 난 부분의 뼈)'이란 게 있다. 뭔지 알겠니?"

미릉골은 동원이에게 그리 낯선 말은 아니었다.

"너 지금 저 노는 애 옆에 가서 눈썹이 있는 눈두덩(이 책에서의 눈두덩은 미릉골을 말함)이 어떻게 생겼는지 자세히 보고 오거라."

차사님의 말씀에 동원이는 아이의 앞에 가서 눈썹이 난 눈두덩을 살폈다. 그러나 아무것도 없었다. 그저 여느 아이들과 다름없이 눈썹만 보일 뿐이었다.

"아무것도 없는데요."

"아무것도 없다니! 무엇이 있고 없고를 보라는 것이 아니고 어떻게 생겼는지를 보라고 했다. 다시 가봐라! 그 애 눈두덩이 다른 애들에 비해 높은가, 낮은가, 평평한가를……."

차사님의 말씀에 동원이는 세 번째로 어린아이 앞으로 가서 눈두덩을 살폈다. 그러나 아무리 봐도 다른 애들과 다를 바 없어 되돌아왔다.

"아무리 봐도 모르겠습니다."

신발을 질질 끌며 온 동원이는 멋쩍은 표정으로 말했다.

"그럴 테지. 그렇다면 너 지금 내 옆으로 와서 내 눈썹 난 눈두덩을 잘 봐라. 앞으로 나왔는지, 평평한지를!"

동원이는 옆으로 서서 차사님의 눈두덩을 가만히 봤다. 희고 많은 눈썹과 함께 앞으로 두둑하게 나온 것이 보였다.

"앞으로 나온 것 같은데요."

"나온 것 같은 것이 아니라 나온 것이다. 그럼 네 옆에 있는 학생들 눈두덩을 봐라. 나처럼 나왔는지……."

차사님의 말씀에 학동들은 서로의 얼굴들을 돌려가며 눈두덩 생김을 살펴봤다.

"그냥 평평한데요."

"당연하지! 있으면 내가 왜 저 어린애 눈두덩을 보라고 했겠냐."

"잘 보고 들어라. 눈썹이 난 부위를 '미릉골'이라고 하는데, 관상에서 이마와 함께 아주 중요하다. 다시 말해 넓고 잘생긴 이마와 함께 미릉골이 앞으로 나오면 남자에겐 관운과 재운이 따르는 우두머리 상이 된다. 여기에다 눈썹도, 미릉골도 여덟팔자면 더할 나위없고! 뭔 말인지 알아듣겠냐? 알았으면 지금 저 어린애 눈썹과 눈두덩 미릉골을 다시 가서 보고 와라. 그래야 이해가 빠르고 공부가 된다."

차사님의 말씀에 동원이는 다시 아이에게 갔다.

'하아, 그렇구나. 역시, 이 아이 눈썹과 눈두덩은 다른 애들 눈두덩과 다르구나.'

죽 둘러앉아 깨진 사금파리와 공깃돌로 소꿉장난을 하며 노는 아이들을 살펴보니 다른 아이들 눈두덩과는 확실히 다르게 앞으로 살짝 튀어나온 것이 보였다.

'저런 눈썹과 눈두덩을 팔자눈썹에 미릉골이라고 하는구나. 그래서 차사님께서 저 아이의 삼정과 미릉골을 보시고 앞으로 크게 출세할 아이라고 말씀하신 것이구나.'

미릉골을 처음 본 동원이는 희열이 가득찼다.

"어떻더냐? 알아보겠더냐?"

동원이가 싱글벙글하며 돌아오자 차사님이 물으셨다.

"간신히, 아주 간신히 봤는데 맞는지 모르겠습니다."

"잘 들어라. 미릉골이란 사람의 운명을 좌우할 정도로 중요하다. 얼굴 생김새에 따라 다른데 상중하로 나눈다. 다시 말해 최상의 미릉골은 국가를 다스리는 대기(大器) 용상(龍相)이고, 중(中)이면 장상(將相)이나 국부(國富)이며, 하(下)라고 해도 백만을 다스리는 우두머리가 된다. 앞으로 잘 봐라! 무슨무슨 장관이나 군의 높은 계급장들 얼굴에는 모두 잘생긴 눈썹과 미릉골이 있을 테니……. 특히 박정희 대통령이나 미국 대통령, 소련 대통령의 미릉골이 대표적인데, 우리 박 대통령은 다른 부위도 잘생겼지만 미릉골도 일품이란다. 아무튼 하다못해 신작로에 자갈 까는 노가다 십장이나, 명월관의 기생오라비들도 미릉골이 있는 사람들이 해먹지 잡상 얼굴들은 못 해먹는다. 그러니 미릉골이 어디 시시한 거더냐? 코나 입술도 중요하지만 미릉골이 더 중요하다. 그리고 어디나 그렇듯 좋지 않은 미릉골도 있다. 너무 굵고 크거나(厚大) 검은 눈썹과 함께 앞으로 튀어나왔거나(도끼날) 둥글면(통나무) 살인자, 또는 도적(盜賊)이거나 윤리 도덕이 없는 놈이고, 얼굴색이 희고 미남이면 팔도마다 처첩을 두고 바람을 피우는 오입쟁이다.”

“그럼 미릉골은 꼭 여덟팔자 눈썹과 같아야만 관운(官運)이 좋은가요?”

“아니다. 잘생긴 이마와 용 모양의 눈썹, 나비 눈썹이면 대귀(大貴)의 눈썹이다. 대귀란 제왕과 장상과 국부를 말한다.”

“그럼 다른 여러 종류의 눈썹과 미릉골은요?”

“눈썹의 종류가 몇이나 되더냐?”

“짙은 송충이 눈썹, 엷은 눈썹, 희미한 눈썹, 성근 눈썹, 중간이 끊어진 눈썹, 도끼 눈썹, 장군 눈썹, 방금 설명하신 용 모양의 눈썹, 나비 눈썹, 우산 눈썹, 막대 눈썹, 반달 눈썹, 초승달 눈썹, 삼각형 눈썹, 흩어진 눈썹, 무 눈썹, 땡볕 아래 말라죽은 지렁이 눈썹 등으로 알고 있습니다.”

“나비 눈썹이란 팔자 눈썹의 반대인 더듬이 모양을 말한다. 우선 희미한 눈썹이나 성근 눈썹이나 중간에 끊어진 눈썹은 미릉골이 좋아 벼슬을 한다 해도 관재(官災)를 겪고, 자녀 운 또한 나빠 절손이 되며, 송충이 눈썹이나 도끼 눈썹에 미릉골이면 망나니(예전에, 사형을 집행할 때 죄인의 목을 베던 사람) 팔자, 용 눈썹이나 짙은 우산 눈썹, 반달 눈썹은 미릉골이 없어도 좋고, 초승달 눈썹이나 가는 삼각형 눈썹에 미릉골은 그냥 흔한 눈썹이다. 또 넓고 잘생긴 이마와 미릉골이라도 눈썹과 눈꼬리가 아래로 약간 처지면 중년 상처를 할 수도 있다. 그리고 미릉골이 없이 눈두덩이 낮거나 패인 듯 들어간 팔자 눈썹은 죽은 눈썹이라 하여 다른 부위가 잘 생겼어도 중년 패망과 관재를 못 면하고, 말라붙은 지렁이 눈썹도 장기 감옥살이를 피하지 못한다."

"책에는 눈썹이 짙으면 형제가 많다고도 하고 눈썹으로 선악(善惡)도 본다고 하는데 맞나요?"

"선악은 맞는데 형제간은 틀린 말이다. 우선 네 주변 아는 집들을 봐라. 집집마다 거의 5, 6명의 남매들이 있잖느냐? 그렇다면 모두 눈썹이 짙고 우산처럼 덮어쓰듯 생겨야 하는데, 그런 집들이 있는가를! 오히려 무 눈썹이나 문둥이 눈썹 애들이 더 주렁주렁한걸……."

"여자는 어떤가요?"

"여자는 조금 다르다. 둥그스름한 바탕의 얼굴과 이목구비가 잘생긴 데다 끊이지 않은 미미(美眉) 눈썹에 미릉골이면 더할 나위 없이 좋지만, 달걀형 얼굴, 긴 얼굴, 또는 삼사각형 얼굴은 그냥 둬도 팔자가 센데, 여기에 미릉골까지 더하면 두세 번 하늘을 꺾는 극부지골(克夫之骨) 과부상이다. 그래서 이런 얼굴은 여장부나 독한 과부들이 많고, 어린 너에게 말하긴 좀 뭣하다만 색기(色氣)가 가득한 여자란 말이다."

"미릉골이 없는 사람 중에 출세하거나 부자는 없나요?"

"얼마든지 있지. 그러나 그런 사람들 얼굴은 미릉골이 없는 대신 오관의 이마나 코가 뚜렷하고 아주 잘생겼지. 그러니까 미릉골이란 같은 부자나 같은 출세를 해도 미릉골 있는 사람이 더 뛰어나다는 귀중귀(貴中貴)를 말하는 것이다."

"미릉골과 눈썹은 누구나 비슷한 형태인가요?"

"아니다. 미릉골이 굵은데 눈썹이 짧거나 가느다란 사람이 있고, 눈썹과 미릉골이 살짝 비켰거나 어긋난 사람도 있고, 앞이 가는 미릉골에 뒤가 굵은 사람도 있다. 또 막대처럼 일자 미릉골이 있는가 하면 반달처럼 굽은 미릉골도 있고, 반달의 반대로 생긴 미릉골, 긴 삼각형의 미릉골, 굽은 미릉골, 아래로 굽은 미릉골, 위로 굽은 미릉골, 튀어나온 미릉골 등 10여 종류가 넘는다. 이 중에서 눈썹 털이 없이 굵은 지렁이처럼 생긴 미릉골은 평생 징역살이를 하게 된다."

"와, 미릉골도 무섭네요!"

듣고 있던 아이들이 감탄 섞인 탄성을 내질렀다.

"차사님 저는요. 제 얼굴엔 미릉골이 없습니까?"

'연유장삼장'이란 시를 중얼거렸다가 훈장님으로부터 된통 꾸지람을 들은 오병이가 불쑥 나서서 자기 눈썹을 문지르며 여쭈었다.

"물 조심이나 하거라!"

혹시나 해서 여쭸는데, 물 조심이나 하라고 하시니 무슨 뜻인지 몰라 학생들은 고개를 갸웃거렸다.

며칠 후 동원이는 차사님이 오병이에게 물 조심이나 하라는 말씀이 궁금해 훈장님께 여쭸다.

"차사님이 그런 말씀을 하셨어?"

"예."

"그렇다면 두고 봐야지. 차사님 눈은 신의 눈이시니……."

훈장님은 알 듯 말 듯한 말씀을 하셨다.

3. 주름, 입술 모양, 큰 얼굴, 뜬 얼굴의 비밀

"앗! 저 사람 입술이 뒤집힌 입술이다."

동원이는 차사님과 함께 오랜만에 장에 가서 윗입술이 코 밑까지 홀떡 뒤집힌 남자를 보고 중얼거렸다.

"차사님! 저기 저 사람 뒤집힌 입술 맞죠?"

동원이가 자신 있게 여쭈었다.

"그렇다. 뒤집힌 입술이다. 이젠 입술을 조금 볼 줄 아는구나."

그런데 입술 생김이 이상했다. 전엔 두꺼우면서 아래위로 뒤집힌 입술을 봤는데 오늘은 윗입술만 홀렁 뒤집힌 사람뿐이었다.

"아, 정말 저런 입술도 있구나."

차사님이 맞다고 하자 동원이는 속으로 으쓱했다.

동원이가 말하는 사람은 40대쯤의 남자로, 여자아이의 손을 잡고 고개를 숙인 채 물건들을 구경하고 있었다.

"저런 입술은 딸이라더니 역시……."

웃음이 절로 나고 가슴도 두근거렸다. 동원이는 입술 생김이 하도 신기해서 그 사람의 발걸음을 따라 같이 움직이며 입술을 바라봤다. 뒤집히기도 했지만 두껍기도 했다.

"입술만 봤냐?"

차사님이 물으신다.

"넌 지금 저 사람 입술만 보고 다른 건 못 봤다."

"다른 거요?"

"그렇다. 입술과 눈에서 제일 중요한 것을 못 봤단 말이다."

"입술과 눈에서 중요한 거요?"

"항상 말하지만 자는 사람이건, 움직이는 사람이건 사람 얼굴을 볼 때는 빠트리지 말고 보는 습관을 길러야 한다. 그래야 실수가 없다. 다시 가서 뒤집힌 속 입술에 주름이 있는지 없는지 봐라."

차사님은 동원이에게 항상 조용조용히 말씀을 하셨다.

동원이는 슬금슬금 남자 옆으로 가서 입술을 살폈다. 그런데 주름은 커녕 번들번들할 뿐 아무것도 보이지 않았다.

"아무 주름도 없는데요."

"주름이라고 해서 번데기나 굼벵이 주름처럼 큰 게 아니다. 다시 가봐라."

"아무것도 없는데 차사님은 자꾸 있다고 하시니 참으로 힘드네."

동원이는 머리를 긁적이며 다시 입술을 보러 갔지만 발견할 수 없어서 되돌아왔다.

"안 보이더냐? 넌 지금 저 남자의 입술을 굵은 지렁이 보듯 했다. 무슨 말이냐 하면 사람들은 한여름에 장맛비 올 때 바닥에 기어가는 큰 지렁이를 볼 때 지렁이만 보고 주름은 못 보거나 안 본다. 마찬가지로 너도 저 사람 입술만 봤지, 주름은 못 봤다. 다시 가봐라. 가느다란 주름이 꼭 있을 것이다."

서당에서나 장에서나 가르치는 사람도 배우는 사람도 서로 힘들기는 마찬가지였다. 동원이는 지난번에 아주머니들이 국수를 먹을 때도 그랬고, 어린아이 미릉골을 볼 때도 그랬고 오늘도 벌써 다섯 번째 입술을 보러 왔다 갔다 하고 있었다.

"봤습니다. 그런데 그게 주름인가요?"

동원이가 다시 가서 보니 차사님의 말씀대로 정말 아주 희미한 주름이 몇 줄 있었다.

"입술 속살이 번들번들한 것이 꼭 지렁이 등살 같지 않더냐?"

"네."

"대개 뒤집힌 입술은 주름이 아주 가늘고 미세하다. 그런데 이 주름의 종횡유무(縱橫有無)에 따라 그 사람의 삶과 자녀 운이 달라진다. 지금 저 사람은 입술이 뒤집어지고 주름이 없다시피 해서 아들이 없단다."

"옛?"

언젠가 훈장님께서 나중에 차차 알게 될 거라고 하신 말씀이 생각났다.

"그렇다면 입술이 뒤집히지 않은 사람은 아들만 두나요?"

"아니다. 그런 사람도 딸만 낳는 사람들이 얼마든지 있다. 그래서 정확히 보려면 남자 여자 같이 봐야 하는 거다. 즉 남자 입술이 뒤집히지 않았다면 여자 입술을 봐라. 둘 중 한 사람은 틀림없이 입술이 두껍든 얇든 살짝 벌어졌거나 뒤집혔을 것이다. 또 윗입술이 앞으로 나오며 뒤집힌 것처럼 보이기도 하는데 이것도 딸만 낳는 입술이 아니라 아들 딸고루 낳는 입술이다. 그래서 많은 입술을 보는 경험을 쌓아야 한다는 것이다. 그리고 남자 얼굴의 살결이 너무 곱고 잘생긴 미남이거나 부인이 절세미인이어도 아이를 못 낳거나 딸만 낳는다."

"예. 앞으로 잘 살펴서 보겠습니다. 그런데 또 중요한 것이라고 하신 것은 무엇이신가요?"

"눈꼬리 간문(奸門)도 못 봤지?"

"……."

"눈꼬리, 즉 어미(魚尾)란 말이다. 저 사람 다른 데로 가기 전에 얼른 가봐라. 눈꼬리와 주름이 어떻게 생겼는지……."

"오늘은 주름만 보고 배우네."

동원이가 속으로 중얼대며 다시 가서 남자의 눈꼬리를 살폈다. 그런데 마침 남자는 어떤 사람과 웃으며 이야기를 하고 있었다.

"아니? 저 기다란 주름은?"

눈꼬리를 보니 움푹하면서 귀 구멍 앞까지 비 맞은 수탉 꽁지처럼 긴 주름이 셋이나 있었는데 웃을 땐 더욱 뚜렷했다.

"와아! 저것이구나. 차사님 말씀하신 게 저 긴 주름이구나."

이번에는 쉽게 한눈에 알아봤다.

"봤습니다. 차사님께서 말씀하신 어미 주름을 봤습니다."

"어미라는 것 이젠 알았지?"

"예! 간문이라고도 하는데 처첩궁을 보기도 하지요."

"간문에서 옆으로 긴 주름이 있으면 남자나 여자나 이성관계가 복잡하다고 한다. 특히 여자의 어미가 깊으면 항상 새 신랑을 얻고(奸門深陷

常作新郎), 어미에 주름이 있으면 처가 악사(魚尾交紋妻防惡死)하며, 간문이 검으면 스스로 생이별을 부른다(奸門黑黲 自號生離)는 말이다."

▲ 긴 주름

"그렇다면 저 사람도 지난번에 본 아주머니들처럼 장가를 여러 번 드나요? 그땐 얼굴과 눈, 코, 입, 이로 봤는데요."

동원이가 궁금해서 여쭀다.

"아무렴! 하지만 지금 저 남자는 새 장가를 든다 해도 또 이혼하고 결국엔 혼자 살 팔자다. 왜 그러냐 하면 아직 젊은 사람인데 어미도 깊게 패이고 주름도 길게 늘어졌으니 말이다."

"어미에 결함과 닭꼬리 주름이 없는 사람은 평생 시집 장가를 한번밖에 안 가나요?"

"잘생긴 어미란 눈꼬리에 어긋나는 주름이 없고 깨끗하며 평평한 것을 말한다. 넌 자꾸 지난번에 배웠던 것들을 잊고 있구나. 얼굴이 긴 목형(木形) 달걀 얼굴이나 뒤집힌 입술, 동그란 눈 등 오관 생각은 안 나더냐?"

"아참! 그렇습니다. 제가 그걸 깜빡했습니다."

"그래서 항상 잘 생각하라는 거다. 그리고 어미 주름(紋)과 파인 함(陷)이라고 해서 모두 같은 것은 아니다. 나이가 들면 눈꼬리에 주름은 누구나 생기는데 두 개에서 많은 사람은 대여섯 개나 생긴다. 이건 세월의 주름이라 길흉을 판단하지 않고, 젊은 사람의 주름만 본다. 즉 젊은 사람이 3, 40살을 지나면서 닭꼬리 주름이나 어미(교차)주름이 생기면 틀림없는 이혼이나 독신이 되고, 아울러 재물도 흩어지며 심할 경우 자식들과도 이별을 한다."

"그렇다면 입술 주름 말고 얼굴 주름은 어떤가요?"

"주름 나름이다. 얼굴 전체의 주름인지, 이마의 와룡(臥龍) 주름인지, 눈썹 사이 세로무늬 현침(絃枕) 주름인지, 입가에서 볼로 이어지는 주름인지, 눈꼬리 주름인지, 양 미간 주름인지, 각각의 부위를 봐야 하는데, 이마에 가로로 굵은 주름이면 와룡문(臥龍紋)이라고 해서 대단히 길한 주

▼ 긴 주름

름이고, 얼굴에 가득한 주름이면 대머리처럼 관재(官災)의 주름이다. 얼굴 각 부위와 연령에 따라 생기는 주름이 다르지만 거의가 일생에 한두 번은 꼭 징역 살 일을 하거나 따라서는 절손 또는 부자간에 인연을 끊는다는 말이다. 하지만 나이 50이 지나면서 후덕하고 인자하게 생긴 사람의 주름은 복이 되는 수도 있다."

차사님은 항상 자세하게 설명을 해주셨다.

"오늘도 해가 기울었다. 오늘 남아 있는 장꾼들은 모두 상여꾼과 곡쟁이 얼굴들뿐이니 그만 돌아가자."

아침에 동원이가 서당에 오니 차사님만 계시기에 여쭤보니 훈장님은 상갓집에 가셨다고 하신다.

낮에 약 손님이 오자 차사님이 대신 약을 지어주셨다. 오늘처럼 훈장님이 안 계실 땐 차사님이 대신하신다. 그런데 차사님의 의술은 훈장님과 달랐다. 멀리서 걸어오는 사람의 얼굴(찰색)만 보고도 속으로 오령산(五苓散)증이구면, 오적산(五積散)증이구면, 패독산(敗毒散)증이구면, 하고 처방을 내리셨다. 진맥이나 문진(問診), 시진(視診), 복진(腹診)은 전혀 하지 않으시는 것이다.

그런데 동원이가 보니 약을 지어간 사람은 근방에 사는 사람이 아니고, 먼 곳에서 소문을 듣고 왔다고 하는데 입술의 속살이 드러난 것이 무척 두꺼웠다.

"방금 가신 분의 입술도 뒤집힌 입술로 보나요?"

"뒤집힌 입술로 봤냐? 뒤집힌 게 아니라 나룻배를 엎어 놓은 모양의 두터운 복주(覆舟) 입술[厚脣]이다. 술안주로 썰어놓으면 아마 한 접시는 될 거다."

"헤헤. 그럼 두꺼운 입술은 재물이 모이는 부자 구두쇠 입술이라고 하는데 지금 간 사람이 그런 입술인가요?"

"그렇다. 코도 두툼한 데다 입술이 두꺼워 부자 입술이지만 엄청난 구두쇠다. 즉 두껍고 뒤집어진 입술은 딸만 낳는 입술이지만 구두쇠가 아니고, 좀 전의 사람처럼 두꺼우며 뒤집어지지 않은 입술이 구두쇠 입술이란 말이다. 그리고 뒤집어지며 얇은 입술은 쫑알거리거나 나불나불 말이 많은 입술이고, 눈까지 반짝반짝 빛나면 신용이 없거나 가난한 입술이다. 그리고 네가 또 빠뜨리고 봐서 그렇지 더 중요한 것이 있다. 윗입술의 정확한 모양인데 뭔지 알겠느냐?"

"또 빠뜨리고 봤다고요? 장에선 윗입술의 속주름을 못 봤는데 지금은 또……."

동원이는 얼른 생각이 나지 않았다.

"뭔지 모르겠습니다."

"활(弓) 알지? 쏘는 활 말이다. 바로 그 사람의 윗입술이 활을 닮은 활 궁 입술이다."

"아, 그렇구나."

동원이는 그제야 상순여궁재보산적(上脣如弓財寶山積)이란 말이 생각났다.

[정확한 활궁 입술은 크든 작든 좋은 입술이다(或財或子).]

"어! 나도 있는데! 아, 너도 있다! 가만히 보니 다들 있네 뭐."

활궁체 입술이 좋은 입술이란 말에 옆에 있던 학생들이 좋아라들 떠들며 벌떡 일어나 벽에 걸린 체경 앞으로 몰렸다.

"가만히 보니 여기 있는 학생들 다 있는 것 같은데요."

"다들 있는 것 같지만 비슷하기만 할 뿐 진짜 활궁 입술은 아니다!"

"쳇! 좋다 말았네!"

오병이가 중얼거리며 뒤로 돌아앉고 나머지 학생들도 낙심한 표정들이었다.

"활궁 입술이란 그렇게 흔한 입술이 아니다. 적어도 천 명, 이천 명에 하나가 있을까 말까 한 입술이다."

"그럼 저희들 입술은 무슨 입술인가요? 다들 활궁 모양 같은데요."

"너희들이 좀 전에 간 사람의 정확한 윗입술을 못 봐서 그럴 거다. 그 사람은 두터우면서도 균형이 맞는 활궁체 입술이고, 너희들 입술은 얇거나 길거나 힘이 없거나 활궁 사이가 가깝거나 한 입술이다. 그래서 활궁 같되 얇고 이목구비도 나쁘면 이는 마누라 고생시키거나 밥 빌어먹는 종인기식(從人寄食) 입술이고, 새 주둥이처럼 뾰족하면 홀아비나 첩의 입술이다. 그런데 지금 간 사람은 두껍고 꽉 다문 활궁

▲ 활궁 입술

입술이라 군, 읍의 부자 정도는 되는 입술이란 말이다. 내 경험담 셋을 얘기해줄 테니 잘 들어라."

차사님의 말씀에 아이들이 몰려 앉았다.

"내가 젊어서 관상과 풍수 공부를 할 때의 얘기다. 하루는 어떤 젊은 사람이 자기 할아버지가 오래 못 살 것 같다고 묏자리를 부탁하러 왔기에 내가 그 사람 얼굴을 보니 바탕은 그런대로 생겼고 입술이 잘생긴 활궁 입술이라 흔쾌히 대답을 하려 했다. 그런데 마침 옆에 계시던 스승님이 놀랄 정도로 먼저 대답을 하시는데 바쁘다며 묏자리를 보러 못 간다고 딱 잘라서 말씀을 하시는 것이었다. 놀란 내가 의아한 표정을 짓자 스승님은 아무 말씀을 하지 않으시다가 그 사람이 돌아간 후에 내게 야단을 치셨다. 위에서 배운 주름으로, 눈과 눈 사이 양미간과 눈꼬리 잔주름을 못 봤냐고 하시며 지금 그 사람은 아무 탈이 없지만 양 미간에 지저분한 잔주름이 있어서 앞으로 아들을 못 낳고 대가 끊어질 관상이라고 하시는 것이다. 그런데 그런 걸 모르고 무턱대고 묏자리를 써줬다가 이담에 자식을 못 낳으면 책임이 네게로 올 것 아니냐며 야단을 치시는 것이었다. 하도 기억에 남는 일이라 시간을 두고 그 사람의 삶을 살폈는데 과연 스승님 말씀대로 의식주는 괜찮았지만 첩까지 두고도 아들도 딸도 못 낳더구나. 그리고 다른 하나는 나이 40 정도의 사람이 왔는데 얼굴을 보니 훤한 이마에 도톰한 활궁 입술이 대부(大富)의 잘생긴 얼굴로 역시 자기 부모 묏자리를 잡아달라고 부탁하러 왔다. 그런데 이때도 스승님이 계셨는데 일언지하에 거절을 하시는 것이었다. 놀란 나는 잠자코 있었다. 스승님의 대답은 그 사람이 간 다음에 나오기 때문이다. 잠시 후 그 사람이 돌아가자 스승님은 나이 40의 젊은 사람이 양 미간과 눈꼬리 잔주름이 있어서 앞으로 자기 부인과 아들, 즉 가족들과 인연을 끊고 혼자 독신 공방할 것이라고 했다. 나는 이 사람도 기억에 남는 사람이고 또 안면이 있는 사람이라 지켜두고 보니 역시 나이 50이 지나자 가족들과 헤어지고 수표교 근처에서 혼자 궁색하게 살더구나."

"와!"

동원이가 감탄하며 탄성을 질렀다.

"세 번째도 주름 얘기인데, 의원을 할 때 하루는 혼례식을 치르는 친척 잔칫집엘 갔었다. 잘 사는 집이라 사람들이 구름처럼 몰렸고 그 사람들 틈에 파고 들어가 색시 얼굴을 보려고 했다. 그런데 색시 얼굴이 족두리에 연지곤지 화장을 하고 고개를 숙이고 있어서 혼례식 내내 얼굴을 보지 못하고 돌아와야 했다. 그런데 며칠 후 신랑 내외가 인사차 왔을 때 색시 얼굴을 보고는 피가 거꾸로 솟는 듯 놀라고 말았다. 왜냐하면 웬만해선 젊은 여자 얼굴에 주름이 없는데 이 색시 얼굴에 보통 눈으로는 알아볼 수 없을 정도의 미세주름이 이마와 양 미간에 있는 것이었다. 그래서 신랑의 얼굴도 살폈더니 신랑 얼굴에선 아무것도 찾을 수 없었다. 의원노릇도 하고 관상을 배운 나는 이후 그 집안이 어떤 재앙에 놓일까 하고 지켜보기로 했는데 해가 갈수록 두 사람은 아들, 딸을 섞어가며 아이 넷을 낳고 탈 없이 지내는 것이었다. 그때 나는 딸만 여섯이라 그들이 부럽기까지 했고, 그 주름은 재앙의 주름이 아니라는 생각도 들었다. 그런 어느 날 그 집엘 내가 직접 가는 일이 생겼는데, 다름 아닌 아이 넷을 낳을 때는 산후 조리 약을 집안 어른들이 와서 지어갔는데 다섯째 아이를 낳았을 땐 내가 직접 가게 된 것이다. 내가 가자 산모 부부를 비롯해서 나이 열다섯 먹은 큰아들까지 와서 인사를 하는데 그때 산모의 얼굴과 큰아들, 작은아들의 얼굴을 보고 깜짝 놀랐다. 그 이유는 산모 얼굴의 주름은 그동안 선명하게 보일 정도로 커졌고, 큰아들 작은아들 얼굴과 어린 딸들 얼굴도 모두 어머니와 똑같은 주름이 있었기 때문이었다. 즉 아버지의 활궁 입술과 어머니의 주름을 모두 받은 것이었다. 나는 애써 마음을 가다듬고 집에 왔는데 그 다음 해에 남편이 부부 싸움을 하고 밤중에 대문간 대들보에 목을 매고 죽었지 뭐냐! 그 소식을 듣는 순간 나는 한동안 멍했지! 그리고 깨달음이 컸지. 관상은 못 속인다고 말이다. 그런데 일은 그것으로 끝난 게 아니란 말이다."

"또 큰 일이 생겼나요?"

"그렇지. 딸들이 시집가는 즉시 모두 청상과부들이 되는 것이었다. 둘째아들은 자전거 사고로 허리가 부러져 방 안에만 있다가 바짝 말라 죽었고, 큰아들은 허우대도 멀쩡한데 나이 40이 되도록 장가를 못 가다가 어떤 여자와 결혼해 사는데 50이 넘은 지금까지 아이가 없단다. 완전히 대가 끊겼지. 집도 크고 재산도 많은데 그 재산이 다 어디로 가고 조상 묘들은 어찌 되겠느냐? 참으로 걱정이 아닐 수 없는 것이지. 그래서 얼굴의 양 미간이나 양 미간 위 가느다란 석 삼자 주름, 그리고 눈꼬리 석 삼자나 어긋난 주름은 패가망신 주름이라고 하지(얼굴이 일그러지고 지저분할 때만 봄). 다시 말해 입술 활궁이 아무리 좋다고 해도 양 미간과 눈꼬리가 짜글짜글하거나 지저분한 잔주름이 있으면 먹고 사는 데는 지장이 없지만 대가 끊어지거나(絕子) 부모 자식 간에 인연이 끊긴다는 절연(絕緣)이 되는 것이다. 그리고 윗입술이 짧고 달라붙듯 뒤집히면서 활궁 모양이면 이 역시 먹고 사는 데는 지장이 없지만 결혼이나 자식두기가 어렵고 큰돈도 못 번다.”

“부자지간이나 형제지간 중 누가 먼저 끊나요?”

“누구든 간에 주름이 없는 사람이 먼저 끊는다. 그러니까 주름이 있는 사람이 당하는 것이지. 앞으로 그런 주름 있는 사람을 잘 살펴봐라. 틀림없을 테니…….”

동원이는 차사님의 설명을 듣고 나자 참으로 무섭다는 생각이 들었다.

“그럼 얇은 궁체 입술에 아랫입술이 길게 나온 것은 어떤가요?”

차사님의 경험담이 끝나자 동원이는 언젠가 아랫입술이 길게 나온 사람을 본 적이 있어서 여쭈었다.

“긴 것도 긴 나름이다. 뒤집어지면서 길더냐, 아니면 그냥 길더냐? 남자가 얼굴도 길고 입술도 길면 이는 극귀(極貴)의 관상이고 용의 입술(龍脣)이다. 한 예로 옛날 중국 청태조 주원장(朱元璋)은 얼굴도 길고 아랫입술이 아주 길었다고 한다. 그래서 이런 입술을 황제 입술이라고 하고, 반대로 이목구비가 생강처럼 이리저리 제멋대로 생기고 삐죽 나온 긴 입술이면 선패조업(先敗祖業) 문전걸식(門前乞食) 무복지순(無福之脣)이라고 해서 아주 못 쓰는 입술이지.”

▲ 주원장의 입술

"여자도 마찬가지인가요?"

"생각을 해봐라! 여자가 얼굴이 길고 아랫입술이 길면 그 얼굴이 어떻겠나. 주막집으로 먹고 사는 천박한 입술이지. 그 외에도 여러 가지가 있지만 앞으로 사람을 보면서 깨우치도록 하거라."

갑자기 입술은 참으로 보기 어렵고 복잡한 곳이란 생각이 들었다. 그런데 무슨 일인지 이야기를 마치신 차사님은 어두운 표정을 지으시더니 허공에다 긴 한숨을 내뿜으셨다.

"땅땅! 야, 이 녀석아!"

오병이가 글을 배울 차례가 되어 훈장님 앞에 앉자, 훈장님은 회초리로 방바닥을 내려치시며 화를 내셨다.

"일어나! 종아리 걷어!"

훈장님의 호통소리에 아이들은 어리둥절해하며 훈장님 앞에 종아리를 걷고 선 오병이를 바라봤다. 학생들이 오는 순서대로 아침 공부를 마치면 훈장님 앞에 앉는데, 오병이의 입과 몸에서 술 냄새와 담배 냄새가 풍겼던 것이다.

"나이도 어린 녀석이 아침부터 어디서 술 냄새, 담배 냄새를 풍기면서 공부를 하겠다고……."

"엑? 술 냄새, 담배 냄새?"

훈장님의 말에 학생들이 놀라며 오병이를 보니 얼굴이 불그스름했다.

학생들이 그런 눈치를 못 챈 것은 오병이가 맨 나중에 왔기 때문이었는데, 와서도 마루 끝에서 서성거리다가 방으로 들어왔기 때문이었다.

"휙! 찰싹!"

"아이구구!"

"휙! 찰싹!"

"아이구구!"

훈장님의 회초리가 오병이의 종아리를 내리칠 때마다 오병이는 무릎을 구부리며 엄살을 떨었다.

"아프긴 이 녀석아, 뭐가 아파."

"어린놈이 벌써부터 술 냄새, 담배 냄새를 풍기면서 학문의 전당인 서당엘 와?"

훈장님의 회초리는 오병이의 다리가 멍이 들도록 다섯 대나 때리셨다.

"가서 느 아버지 오라고 해! 고얀 녀석 같으니라고……."

오병이는 동네 생일 집에서 아침을 먹다가 어른들이 먹는 술을 한 잔

마시고 담배도 한 가치 빼가지고 서당 오는 길에 논두렁에서 피우고 들어온 것이다.

이렇게 서당이 좀 잠잠해질라 치면 손 영감과 오병이가 꼭 말썽을 부렸다.

아침부터 오병이 때문에 분위기가 좋지 않았다. 그런데 오늘은 동원이가 오랫만에 중학교 동창을 만나는 날이었다. 친구가 생일에 오라고 초대를 한 것이다.

그 친구는 사계절 내내 쌀밥을 먹으며 잘 살고 있었고, 학교 다닐 때도 귀한 자전거를 타고 다니고, 3녀 1남 중 막내라 부모님이 해마다 생일을 챙겨주셨다.

서당에서 아침에 글을 읽고 나서 훈장님께 말씀드리고 친구 집에 가니 다른 친구들도 와 있었다. 친구 부모님께 인사를 드리고 방으로 들어가자 놀랄 정도로 많은 음식이 차려진 교자상이 들어왔다. 동원이는 미역국이나 끓여먹는 자신의 생일에 비해 너무 푸짐한 상이었으므로 한없이 부러웠다.

생일상을 일꾼(머슴) 둘이서 들고 왔는데, 뒤에는 친구의 누나라고 하는 여자가 와서 인사를 하며 많이 먹고 놀다가라고 했다.

음식을 먹는 동안 누나는 잘 먹는 것들을 더 갖다 주기도 하고 몰래 술도 갖다 주는 등 정성껏 보살펴주었다. 그런데 동원이의 눈에 들어온 것은 누나의 얼굴과 옷차림이었다. 시집을 안 간 처녀 같기도 하고, 시집 간 아주머니 같기도 했다.

친구로부터 들은 이야기는 누나는 6·25 전쟁이 나던 봄에 시집을 갔는데 6·25가 터지자 매형이 군에 입대해 지금까지 생사도 모르고 소식도 없다는 것이다. 그래서 누나는 시집과 친정을 오가며 남편을 기다리는 것이 벌써 15년째라고 했다.

이야기를 듣고 난 동원이는 누나의 얼굴을 볼 때부터 직감했던 것이 맞았다는 생각이 들었다. 바로 과부상이었기 때문이었다. 화장기 없는 둥그스름하고 복스런 얼굴에 눈썹도 눈을 싸 감은 듯 생겼는데 다만 광대뼈가 약간 나와 있었다.

다음날, 동원이가 훈장님께 어제 본 일을 말씀드리자 훈장님은 내색은 하시지 않았지만 이미 알고 계신 듯했다. 친구의 누나를 어릴 때부터 보셨기 때문에 지금 동원이가 말씀드리는 것은 당연하다고 생각하시는 것 같았다.

그러니까 오래전 이야기였다. 친구 아버님은 딸의 혼기가 차자 사위 될 사람의 사주를 봐달라고 훈장님께 찾아왔다. 그러나 훈장님은 내미는 사주도 안 보시고 씁쓸한 표정을 지으셨다. 시집을 가봤자 사위가 죽든지 이별을 하는, 영 좋지 않은 얼굴이었기 때문이었다. 그렇다고 딸의 관상이 이러이러하니 하지 말라고 할 수도 없어서 그냥 보는 척하며 두 사람의 궁합이 안 맞는다고만 하신 것이다.

"그 애 아버지가 어쩌다 장사집이나 잔칫집에서 나를 만나면 소매를 붙잡고 엉엉 운단다. 그때 내 말을 안 듣고 괜히 고집을 부려서 딸을 생

과부 만들었다고 말이다. 지금 와서 뭐 어쩔 수 있냐. 애가 안 딸린 것만
도 다행이지, 재가하는 데 걸리는 것도 없고……. 한데…….”

훈장님은 머리를 좌우로 가볍게 도리질하셨다.

“재가를 해도 마찬가지인가요?”

“전에 율(律)이라는 것 배웠지?”

“예.”

친구에게 말하지 말라는 말씀이었다.

“어제 그 여자 얼굴 제대로 봤느냐?”

“예. 친구 말을 듣고 자세히 봤습니다.”

“어떻더냐?”

“얼굴에 살이 많고 복스럽게 생겼던데요.”

“그것만 봤냐?”

“눈썹도 길고 짙은 것 같았고요.”

“코는 어떻더냐?”

“얼굴에 비해 좀 작은 것 같았습니다.”

“그럼 면육부범파가손자(面肉浮泛破家損子) 혹살부(或殺夫)란 말이 무슨
뜻이냐?”

“예?”

훈장님의 말씀에 동원이는 깜짝 놀랐다. ‘면육부범파가손자’라는 말
은 집안이 망하고 자식과 남편이 죽는다는 뜻이기 때문이었다.

“그럼 면대비소 신고도로(面大鼻小 辛苦到老)란?”

"얼굴이 크고 코가 작으면 죽을 때까지 고생한다는 뜻입니다."

"미농발후(眉濃髮厚)란 눈썹이 짙고 머리카락이 굵은 것을 말한다."

"여자가 눈썹이 짙고 머리카락이 굵고 뻣뻣하면 다난불성(多難不成), 즉 살아가는 데 어려운 일이 많고 되는 일이 없다는 뜻입니다."

훈장님은 동원이가 이젠 어느 정도 배웠다고 생각하시고 문장을 섞어가며 시험문제를 내시듯 하나하나 물으셨다.

"대답은 잘 했다만 얼굴이 크고 코가 작은 것도 문제다. 내가 '면대비소'라고 한 것 말이다."

"아, 그렇구나. 어쩐지 얼굴이 크더라."

동원이는 중얼거렸다.

"면대비소도 앞으로 나온(突) 얼굴이 있는가 하면, 평면의 면대비소, 낮은(底) 면대비소가 있다. 어느 쪽이더냐?"

"조금 나온 형입니다."

"항상 잘 보고 생각해야 한다. 그리고 그 여자는 아이를 낳았었다. 한데 열병을 앓다가 죽었지(損子)."

"얼굴(가죽) 뜬 것이 그렇게 나쁜가요?"

"아, 네 눈으로 보고도 묻냐?"

훈장님은 답답한 표정을 지으셨다.

"그럼 얼굴에 살이 쪘다고 하는 것과는 어떻게 다른가요?"

"그것을 보기가 여간 어려운 게 아닌데, 살이 찐 것이나 뜬 것이나 별로 다를 바 없다. 다만 쪘다고 하는 것은 굶주렸던 사람들이나 병에 걸렸던 사람들이 잘 먹거나 병이 나아 몸이 회복되어 얼굴에 살이 오르는 것을 말하고, 떴다고 하는 것은 살이 찐 것처럼 항상 두꺼운데, 그렇다고 부종에 걸린 것처럼 퉁퉁한 것은 아니다. 그래서 보기가 여간 까다로운 게 아니지. 그리고 얼굴색이 대개 희거나 귤피 같은 얼굴은 남자의 경우 장사(사업)나 무슨 일을 하면 처음에는 잘 되는 듯하지만 4, 50살 전후로 망해서 마누라 지게질, 밭갈이를 시키고 종내는 불치병에 걸려 죽는 얼굴이란 말이다. 그리고 사람들은 이런 여자 얼굴을 큰며느리감이니 부자상이니 하며 좋다고 하는데, 그건 모르는 사람들이 하는 말이다. 네 친구 누나와 같은 팔자란 말이다."

"얼굴에 볼이 늘어지면 심통이 있거나 잔소리가 심한가요?"

"잔소리보다 큰 게 부부간에 틀이 깨지는 거다. 얼굴이 둥글며 볼살이 부처처럼 늘어지거나 클 땐 누구를 막론하고 재취재가(再娶再嫁)를 면치 못한다."

"뜬 얼굴의 성격은 어떤가요?"

"성격은 눈(眼分善惡)과 입(口分正誤)과 광대뼈가 위주이고, 뜬 얼굴은 그 다음이다. 그러니 이다음에 얼굴이 뜬 친구가 장사를 한다고 보증을 서달라거나 돈을 빌려달라고 하거든 고개 돌릴 준비나 하거라."

4. 명폐(鳴吠)란 무엇인가?

손 영감이 양팔을 벌려 흥얼거리며 갈매기 춤을 추면서 서당을 향해 왔다. 걸음걸이를 보니 또 술 한 잔을 걸친 모양이었다.

"흥얼흥얼. 신고산이이이~ 우르르 함흥차 가는 소리에에에~."

손 영감은 기분이 좋은지 반 비틀걸음에 흥얼거리며 노래까지 했다.

"느딜, 명폐가 뭔지 아니? 명폐, 여자들이 밤에 천당 갈 때 좋아서 우는 소리여! 천당 갈 때 우는 소리!"

마루에 걸터앉은 손 영감이 다짜고짜 아이들을 향해 명폐라는 말을 들먹이자 흩어졌던 아이들이 슬금슬금 다가왔다. 되풀이되는 서당생활에 지겨운 아이들은 어느덧 손 영감을 단비처럼 기다리고 있었다.

칠풍이란 아이는 황소 벌렁코에 몸을 비비 틀고 히죽거리며 게걸음으로 마루 위를 기어 손 영감 앞으로 다가앉았다.

"천당 갈 때 내는 소리?"

아이들이 서로를 바라본다.

"느딜, 아직 장가들 안 가서 천당 갈 때 우는 소리가 뭔지 모르지?"

"……."

"밤중에 남자여자 방아 찔 때 내는 색 쓰는……."

"애경이 할아버지!"

어떻게 알고 왔는지 달영이가 헐떡거리며 뛰어와 손 영감 앞에 양팔을 벌리며 큰소리로 말문을 막았다.

▲ 명폐

"안 돼요 안 돼! 애들한테 자꾸 그런 말하면 안 돼요! 한동안 안 오시더니 왜 또 와서 떠들어요?"

점심을 먹고 나서 마을 건너 훈장님네 밭에서 일을 하고 있던 달영이가 손 영감이 서당에 와서 아이들에게 뭔가 이야기하고 있는 것을 멀리서 바라보고는 일을 멈추고 달려온 것이다.

"일어나세요, 얼른! 훈장님 오시기 전에! 얼른 일어나 가시라니까요!"

달영이가 재촉하자, 손 영감은 멋쩍은 웃음에 찌그러진 입술을 빨며 뜰아래 한쪽으로 가 앉아 봉 담배를 말아 피웠다. 그 옆을 달영이가 서서 지켰다.

"담배 다 피우셨으면 이제 일어나세요!"

달영이가 구박하는 말투로 손목과 몸을 부축하듯 잡아 일으키자 손 영감은 마지못해 일어나 끌려갔다. 비쩍 마른 몸과 힘줄만 남은 안짱다리, 그리고 주름진 합죽이 입술과 뒷모습이 오늘따라 더욱 처량하게 보였다.

"느덜, 훈장님께 명폐란 말 여쭈지 마! 특

히 동원이 너! 정 알고 싶으면 산소 이장할 때 택일 잡는 법을 찾아봐!"

비틀거리는 손 영감을 저만큼 큰 길까지 데려다준 달영이가 돌아와 아이들을 향해 군기를 잡듯 명령조로 말했다. 하지만 아이들은 고개를 갸웃거리며 의아해했다.

"훈장님께 명폐란 말을 여쭈지 말라고? 명폐에 무슨 비밀이라도 있는 걸까?"

5. 소 눈, 돼지 눈, 쥐 눈은 좋은가, 나쁜가

언제나 말썽꾸러기인 오병이가 어디서 났는지 강아지만 한 죽은 쥐 한 마리를 나무꼬챙이에 꿰어가지고 휘두르며 동네 아이들을 놀래주다 가 어른들에게 야단을 들었다. 아이들이 놀라서 밤에 경기를 하거나 오 줌 싸면 어떻게 할 거냐는 것이었다.

큰소리가 나자 훈장님께서 듣게 되셨고, 오병이는 또다시 꾸중을 들 었다.

사실 오병이네는 가난해서 보릿고개 때는 보리 아욱죽도 못 먹을 정 도였다. 그래서 훈장님은 오병이에게는 가을철 추수가 끝나서 받는 쌀 말도 안 받으시고 그냥 글을 가르쳐주시는데도 늘 말썽을 부렸다.

"저기 가서 새김질하고 있는 소 눈과 그 옆에 돼지우리에 가서 돼지 눈을 잘 보고 오너라."

오병이 때문에 저녁때까지도 흐린 날씨처럼 기분들이 꿀꿀해 있는 데 우두커니 앉아 있는 동원이에게 훈장님께서 소와 돼지 눈을 보고 오 라고 하신 것이다.

느닷없는 훈장님의 말씀에 동원이가 일어나 봉당으로 내려가 신발을 신으려 하자, 훈장님이 다시 말씀하셨다.

"아니다. 소와 돼지만 볼 것이 아니라, 오병이 녀석이 장난친 쥐 어디 있는지 찾아서 아주 쥐 눈도 보고 오너라."

"예?"

'웬 소와 돼지 쥐 눈을 보라고 하실까? 그 눈들이 한약재라도 되신다는 건가. 아니면 관상에 도움이 된다는 건가? 돼지 코(들창코)는 지난번에 장에서 손 주태 영감 코를 봐서 아는데…….'

동원이는 고개를 갸우뚱하며 영삼이네 외양간으로 가서 소 눈을 본 다음, 옆집 울타리 밖에 있는 돼지우리로 가서 돼지 눈을 보고 오다가 밭가에 놓여 있는 쥐를 찾아 자세히 살펴보고 왔다.

"어떻더냐? 소 눈의 생김이……."

"소 눈도 소 눈이지만 생전 처음 소, 돼지 눈과 쥐 눈을 살펴봤습니다. 그런데 소 눈은 크다고만 생각될 뿐 다른 건 잘 모르겠습니다."

"돼지 눈은?"

"돼지 눈은 위에서는 잘 안 보여서 바닥에 풀을 뜯어 깔고 납작 엎드려 간신히 봤습니다. 그런데 돼지도 윗눈썹이 길던데요."

"허허, 몹쓸 걸 보라고 한 모양이구나. 보는 김에 아주 코와 입까지 보지 그랬느냐."

"그렇게 봤습니다. 그런데 말씀드리기 뭣합니다만, 코가 전에 장에서 차사님이 말씀하신대로 애경이 할아버지 코랑 비슷하던데요. 헤헤."

"어디 가서 그런 소리 마라! 욕먹는다!"

"예."

"잘 들어라, 소 눈은 세상 동물들 중에서 말 눈과 함께 가장 크고 예쁘단다. 특히 긴 속눈썹 아래 주먹만 한 눈은 항상 촉촉하게 젖어 있어서 우수적이고 겁을 잔뜩 먹은 애원의 눈이기도 한데, 그런 눈으로 깜족

깜족하는 것이 여간 처량하면서 매력적인 것이 아니지. 그런데 소 눈은 참으로 예쁘긴 하지만, 소의 운명처럼 사람 눈이 소 눈이면 좋은 게 아니란다. 첫째는 성격이고 둘째는 운명이다. 우선 소 눈처럼 생기되 짙은 눈썹에 부리부리하고 흰자위가 많으면 성난 황소의 눈이라 성격이 포악하고 거짓말, 난봉질과 투전질, 도둑질에 부모까지 속여 집안을 거덜내고, 붉은 핏줄이 있으면 비명횡사나 곧 감옥에 들어갈 운, 또는 익사(溺死), 악사(惡死)할 눈이다. 그리고 남녀가 소 눈에다 얼굴이 작고 희면 천박한 상이라 남의 집 노비 눈이고, 여자의 경우 속눈썹이 길고 인물이 조금 있다면 역마(驛馬) 팔자라 첩상이거나 바람이 나서 집을 나가 화류계로 빠지고, 결혼을 해도 남편이 죽어 자식과 가정을 떠안는 팔자다."

"어휴, 무섭네요."

"두 번째는 돼지 눈인데 '저안'으로, 소 눈이 감상적이라면, 돼지 눈은 수심 가득한 우수(憂愁)의 눈이다. 동물들 눈 중에서 근심 걱정이 제일 많은 눈이 돼지 눈인 '저안(猪眼)'과 코끼리 눈인 '상안(象眼)'이다. 그래서 '상안' '저안'이라고 한다. 이 상안, 저안은 결혼을 해도 이혼이나 상대방의 병사(病死)로 중년 독신이 많고 염세적이라 자살하는 사람도 많다. 한마디로 하늘도 못 말리는 눈이지. 앞으로 가만히 봐라. 이 상안, 저안의 사람들이 얼마나 많은지…… 그리고 저 윗집 할머니 알지? 아들과 단둘이 사는 할머니 말이다. 그 할머니 눈이 바로 돼지 눈이라 초년에 생과부가 되어 지금까지 저러고 살고 있고, 아들도 어머니 눈을 닮아 똑똑한데도 나이 40이 되도록 장가도 못 가고 있지 않더냐? 사람은 한없이 좋은 사람들인데……."

"착한 사람이라는 뜻인가요?"

"돼지 눈은 절대 남에게 폐를 끼치지 않는다. 악인이 없단 말이다."

훈장님 말씀에 생각을 해보니 할머니 눈이 늙은 돼지 눈과 똑같았다.

"그리고 말하기 뭣하다만 남자든 여자든 돼지 눈은 술을 먹으면 축 늘어지고 이슬이 맺혀 참으로 가엾어 보이지. 다음은 쥐 눈이다. 쥐 눈을 말하기 전에 우선 쥐를 알아야 한다. 쥐는 사람들의 곡식을 훔쳐먹기도 하고 징그러워서 그렇지, 실제로는 인간과 떼려야 뗄 수 없는 동물이다. 옛날 설화에 인간에게 불과 물을 제일 먼저 알려준 동물이 쥐다. 즉 차돌과 무쇠 돌을 마찰시켜(부싯돌) 불을 사용하는 법을 알렸고, 금정산에 들어가면 샘물이 솟는다는 것도 알려줬다. 또 산불, 지진, 홍수 같은 재앙에 제일 먼저 탈출하는 혜안과 예지를 가졌으며 다산과 풍요, 근면, 검소의 상징이기도 하다. 십이지(十二支)의 첫 번째로 쥐가 들어가는 것도 쥐가 부지런하고 눈이 밝기 때문이다. 그런데 쥐 눈은 눈물과 깜박거림만 없을 뿐 소 눈의 축소판이다. 반짝반짝 빛이 나고 예쁘고 영특하기론 쥐 눈을 따라갈 동물이 없다. 또 어떤 책에서는 쥐 눈을 한 사람을 나쁘다고 했는데 이는 틀린 말이다. 오히려 사람 눈이 쥐 눈이면 관운, 재운도 좋아 성공하고 출세하는 사람들이 많다. 이때는 얼굴도 쥐 상이어야 한다. 딴 얘기지만 사람들은 눈이 작고 움푹 들어가면 쥐 눈이라고 하는데 이는 잘못 보고 하는 소리들이다. 네가 지금 본대로 쥐 눈이 어디 움푹 들어갔더냐? 그리고 앞으로 쥐 눈한테 속지 마라. 빨갱이들처럼 거짓말 잘하고 뒤에서 꼼수와 수작 부리는 데 일등이니 말이다.”

“그럼 책에는 용 눈[龍眼], 봉 눈[鳳眼], 소 눈은 좋고, 뱀이나 닭, 벌, 할미새 눈은 나쁘다고 했는데 사실인가요?”

“사람 눈에 따라 다르지. 용은 남자 눈이고 봉은 여자 눈이라 나라의 녹봉을 먹는 사람들이 많고, 소 눈은 좋다고 하지만 그렇지 않단다. 위에서 말한 대로 비명횡사의 눈이고 할미새나 뱀눈은 이마나 코가 잘생겨 재상이 되더라도 간신으로 살고 그냥 보통 사람은 좀도둑이나 거지로 산다. 어떠냐? 눈 공부도 재미있지 않냐?”

설명을 마치신 훈장님께서 물으셨다.

“모두 재미있는데 코끼리란 동물은 말만 들었지, 아직 보질 못해서 이해가 안 됩니다.”

“코끼리란 동물은 크기가 집채만 하고, 귀는 오동잎 크기만 한데, 서울 창경원에 있으니 이담에 서울 가거든 한번 봐라.”

“훈장님! 저는 무슨 눈인가요? 쥐 눈 아닌가요?”

주책없는 오병이가 또 벌떡 일어나며 여쭸다.

오랜만에 젊은 부인 둘이 약을 지으러 왔다. 젊은 부인들이 약을 지으러 오는 것은 극히 드문 일이었다.

여인들이 들어와 앉자 분위기가 바뀌고 방 안이 다 환해졌다. 두 여인 중 한 여인은 얼굴도 예쁘고 종아리를 드러낸 신식 양장에 진한 화장까지 해서 화려하게 보였다. 차림새로 보아 가정주부가 아니라는 것을 알 수 있었다.

"지금 돌아간 아주머니들 중 한 아주머니 눈이 보통 사람들과는 다르지 않나요?"

부인들이 약을 지어 돌아가자 동원이가 훈장님께 여쭈었다.

"그렇게 봤냐?"

동원이뿐 아니라 서당 학생들도 그렇게 본 모양이었다.

"안됐지만 절대 일부종사 못하는 초년 청상과부 눈이지."

훈장님이 혀를 끌끌 차며 말씀하셨다.

"초년 과부 눈이라니요?"

"나이가 25살 미만이면 초년, 35살 미만이면 중년, 55살 미만이면 말년 과부인데 그 여자는 이미 20살에 애 하나 낳고 남자(남편)를 죽였을 거다."

"남자를 죽이다뇨? 여자가 남자를 죽였나요?"

죽였다는 훈장님 말씀에 모든 학생들의 눈과 귀가 곤두섰다.

"저런 얼굴과 눈은 화색이 돌고 예쁘지만 관상학적으론 못 쓰는 눈이다. 눈의 생김이 마치 이글이글 타는 장작불과 화경(火鏡)같지 않더냐?"

화경이란 자동차 라이트를 말한다.

"여자 눈이 화경이면 먼저 배운 소 눈깔 우안(牛眼)처럼 과부상의 기본이며, 거기다가 얼굴색이 봄에 활짝 핀 배꽃과 잘 익은 복숭아 색이면 도화색(桃花色) 과색지상(過色之相)이라고 한다. 그래서 시집을 가면 남자 뼛골을 다 빼먹어 골병(骨病)으로 죽으니 죽이는 것이나 마찬가지지!

황소 같은 남자 백 명도 못 당한다. 그리고 눈이 크되 이글거리지 않으면 남자나 여자나 마음은 착한데 배우자 복이 없고, 여자의 경우 눈 아래 누당이 죽었으면 남편 복이 없는 것이 아니라, 딸만 낳거나 명이 짧아 40 전에 죽는다. 이 또한 입술과 다르지 않더냐?"

아이들이 가만히 생각해보니 훈장님의 말씀대로 한 아주머니 눈이 한여름 석양의 이글거리는 태양처럼 타올랐는데, 정확히는 큰 눈에 눈동자와 흰자위, 눈 둘레가 조합을 이뤄 빛을 내고 있었다(火輪 : 눈 둘레를 기차 바퀴 크기에 비유함).

화경 눈을 본 며칠 후의 일이었다.

"저놈 얼굴과 눈 좀 봐라. 도둑놈, 사기꾼 상판대기다."

훈장님이 중얼거리듯 말씀하셨다.

상갓집에서 묏자리를 잡아달라는 부탁에 훈장님을 따라갔다가 바깥마당 멍석 위에 차린 술상 앞에 사람들과 섞여 앉아 있는 사람의 눈을 보았다. 며칠 전에 본 아주머니 눈과는 다르지만 큰 눈에 확실히 이글거리며 타는 눈이었다. 게다가 사각 진 얼굴에 광대뼈와 거무튀튀한 얼굴색은 한눈에 보기에도 불한당 같았다.

"잘 봐둬라! 저런 눈을 가진 상판이 처음 대하는 사람에겐 서글서글하게 굴어 참 좋게 보인다. 특히 말솜씨가 좋고 남이 무슨 부탁을 하면 다 들어준다고 아주 속 시원하게 대답하지. 하지만 절대 요주의 인물이다. 약속은 그때뿐이고, 다음날이 되면 미루거나 뒤집거나 하면서 절대 약속을 안 지켜서 사람을 홀리게(미치게) 한다. 다시 말해 저놈의 상판과 눈은 아비 어미는 물론 주위 사람들을 모두 속이는 악질 관상이다. 더구나 쇠털처럼 뻣뻣한 수염도 그렇고……."

"수염요?"

"그래, 저놈 입가와 턱에서 귀밑까지 난 짧고 뻣뻣한 수염이 꼭 산적 같지 않더냐? 수염도 양반, 상놈이 있단다."

"예? 양반, 상놈 수염이 있다고요?"

"옛날에는 수염이 많으면 다발위상(多髮爲上)이라고 해서 술자리에서 상석에 앉아 어른 대접을 받았단다. 그런데 늙은 종놈 수염이 상전 수염보다 좋은 놈이 있어서 없애버렸지. 기생 년들이 여간 달라붙지 않으니 상전 눈으로 보면 여간 아니꼬운 게 아니지……."

"책에서 수염론을 읽었습니다. 남자의 입 주변이나 턱, 또는 뺨에 나는 털을 수염이라고 하고, 입 언저리에 난 수염을 수자(鬚髭)라고 합니다. 그런데 지금 말씀하신 대로 턱수염이 귀밑으로 올라가며 뻣뻣하면 관상에 따라 장수의 수염, 살인자 수염, 그리고 노비의 수염으로 나누는데, 얼굴에 비해 수염이 많으면 홀아비 독상으로 알고 있습니다."

"그러니 네 말대로 저 눈 큰 놈 얼굴을 샅샅이 보고 수염까지 봐라! 어디 선(善)한 곳이 한구석이나 있는지……. 그러니까 저놈의 눈과 수염은 온통 거짓과 사기 투성이에 심보는 물론, 심지어 입고 있는 의복의 아래위 주머니까지 거짓으로 가득 찬 놈이란 말이다. 그래서 관상 공부와 인생 공부는 저런 눈 하나만 가지고도 충분하단다."

"오늘 낮에 본 불량스런 남자의 눈이 전에 배운 소 눈과 화경 눈과는 어떻게 다른지 분간을 못하겠습니다. 혹시 소 눈과 화경 눈을 합친 눈은 아닌가요?"

밤이 되어 상갓집에서 마련해준 방에서 잠자리에 누운 동원이는 훈장님께 여쭈었다.

"그렇다. 오늘 본 놈의 눈은 호랑이 눈과 소 눈을 합친 호우시(虎牛視)란 눈이다. 그래서 그렇게 눈에서 불(화경)이 나지."

"아, 역시 그렇구나."

동원이가 감탄을 하는 것은 자신도 그런 생각을 했었는데 표현이 안 되고 있었기 때문이었다.

"왜 지난번에 내가 손 영감 말썽부리고 나서 닷새간 서당을 쉰 적 있었지?"

"예!"

"그때 내가 왜 닷새간이나 서당을 비웠는지 아느냐?"

"……."

훈장님은 그때 이야기를 들려주셨다.

우선 손 영감이 추태를 부린 것도 그렇지만 실은 조금 먼 마을에 초상이 났다고 하셨다. 훈장님의 지인이 돌아가신 것이다. 멀든, 가깝든 초상이 나면 사람들은 묏자리를 부탁하러 훈장님께 먼저 찾아온다.

훈장님은 그 집에 초상날 것을 미리 아시고 피신을 하신 것인데, 바로 초상집 아들의 관상 때문이었다. '중대'라고 하는 아들이 있었는데 눈이 큰 호우시였다.

장사를 치르고 난 1년 후 중대는 군에서 제대를 하고 가을이 되자 결혼을 했다. 그런데 한 달쯤 후 중대는 새댁과 각방을 쓴다는 소문이 나더니 새댁을 때린다는 소식도 들렸다. 그리고 얼마 후 지서에서 순경이 나와 중대를 살인죄로 잡아갔다.

이런 사건이 날 것을 훈장님은 미리 아시고 계셨던 것이다. 즉 중대를 어릴 때부터 지켜봤지만 살인의 눈을 가지고 있어서 중대 할아버지의 묏자리를 잡아주면 나중에 입방아에 오르내릴 것을 미리 아시고 피신을 하신 것이다.

"의원과 풍수가는 사람을 보고 일을 한다. 무슨 말이냐 하면, 의원은 날 때부터 불구자나 난·불치 병자는 손대지 않고, 풍수가는 망할 얼굴에게는 집 자리, 묏자리를 해주지 않는 법이다. 그러니 너도 명심하거라."

"예. 그런데 중대 눈 같은 사람은 꼭 살인을 저지르나요?"

"아, 그 애가 군대 가기 전 행실을 못 봤구나. 부모에게 대들 때나 살림 때려 부술 때, 주점에서 술맛 없다고 행패부릴 때, 그리고 사람들과 싸울 때 눈에서 쌍불(雙輪噴火)을 내뿜었었지. 그런 눈은 사람을 죽이고도 남는다. 바로 낮에 본 놈과 같은 눈이란 말이다. 생김새만 조금 다를 뿐 마차바퀴처럼 큰 눈에다 광대뼈는 중공의 모택동처럼 생겼고……."

"모택동의 광대뼈요?"

"모택동은 광대뼈만 아니라 얼굴도 크고 눈도 대머리도 천하의 일품이라 대국(大國)을 수중에 넣었지. 보통 사람 같으면 그런 큰일을 했겠느냐? 평생 거짓말이나 시키고 징역살이나 하는 눈이지.”

“아무튼 눈이 치솟는다는 것이 그렇게 무서운가요?”

“몰라서 그렇지, 소름이 끼칠 정도로 무섭단다. 그런 얼굴은 말을 할 때 상대방을 바로 보지 않고 치뜨고 보는데, 그런 눈을 상시(上視)라고 하고, 아래로 내려 보거나(下視) 째려보는 눈을 목사시(目斜視)라고 한다. 한마디로 상대방을 괴롭히는 호살(好殺)과 음흉한 구밀복검(口蜜腹劍)의 눈으로 절대 상대하면 안 되는 눈이란 말이다.”

“누구에게나 나쁘게 하나요?”

“누구에게뿐 아니라 자신에게 이득이 되면 부자지간이고 형제지간이고 친구고 없다. 오죽하면 옛날 사람들이 사귀지도 말고, 친구도 만들지 말고, 가까이하지 말라는 뜻의 상시자 물여교유(上視者 勿與交遊)에 불가교우(不可交友), 불가친(不可親)이라고 했겠냐?”

“그것뿐인가요?”

“더 있다. 큰 눈이든 작은 눈이든 무슨 일이 있을 때 상대방에게 하시(下視)와 비슷한 가느다란 실눈으로 보는 사람이 있는데, 바닥에 깔려 있는 속마음부터 음흉한 사마귀를 닮았다. 너도 잘 알잖느냐? 가을이면 저 논에 메뚜기 잡아먹는 사마귀, 이 사마귀는 먹잇감이 앞에 있으면 대가리를 이리 갸웃, 저리 갸웃 굴리며 기회를 보다가 사정권 안에 들면 갈퀴 같은 두 앞발로 순식간에 낚아채 뜯어먹지. 그래서 이런 실눈 뜨는 사람을 가리켜 사마귀 눈, 또는 사마귀 행동이라고 한다. 우스운 건,

잘나고 똑똑한 척은 다하고, 작고 시시한 약속은 큰 소리치며 지키는데, 큰 약속은 세상이 뒤집혀도 안 지키는 것이 이런 눈의 특징이란다. 여기에 얼굴색까지 푸르딩딩하면 말할 것도 없이 악인이지. 가만히 보면 도둑질하는 놈들 절반은 이런 눈이니 앞으로 조심하고 잘 봐라."

"그렇게 나쁜 짓 하는 사람들은 제 명에 못 사나요?"

"남을 속여먹는 눈이라 그런지 말년이 좋은 사람을 보지 못했다. 뭘 해도 망하고, 난·불치병에 걸리거나 천벌을 받고 죽더라."

훈장님의 설명을 듣고 보니 사실 서당 문을 닫을 무렵, 동네 이름은 모르지만 낫으로 사람을 죽인 살인사건이 일어났다고 온 동네가 떠들썩했다.

6. 3대 홀아비들의 얼굴은 무엇이 다른가?

"내일은 좀 일찍 오거라."

동원이가 서당에서 집으로 돌아가려 하자 훈장님께서 말씀하셨다. 훈장님이 이런 말씀을 하실 때는 다음날 훈장님과 함께 어딜 가시자는 말씀인데, 그곳은 거의가 상갓집이었다.

다음날 동원이가 일찍 오자 훈장님은 동원이를 데리고 한길 가 차부(버스 정류장)로 나가셨다.

"상갓집에 가거든 상주들 얼굴을 잘 봐둬라. 다른 사람들 얼굴과는 뭔가 다를 거다."

버스를 기다리는 동안 훈장님이 말씀하셨다.

"예. 그런데 뭐가 다르다는 말씀이신가요?"

"아무튼 가서 보고 놀라지 말거라."

대충 말하자면 상주가 망인의 두 아들과 손자를 합해 대여섯 명은 되는데 어린 증손자를 빼고 위로 삼대는 모두 독신 홀아비라는 것이다. 돌아가신 분도 나이 50에 홀아비가 되어 40년을 살다가 90살에 죽었는데 독신으로만 지냈다고 했다.

버스를 타고 한 시간, 걸어서 한두 시간여를 간 마을은 동원이가 처음으로 가보는 곳으로 마을 한가운데 있는 상갓집은 보기 드문 큰 기와집이었다. 훈장님이 상갓집 대문에 다다르자 많은 사람들이 나와서 지사님 오셨느냐고 인사들을 했다. 아마 묏자리를 보러 왔으므로 의원님이 아니라 지사님이라고 부르는 모양이었다.

마침 점심때라 훈장님과 동원이가 행랑채 안으로 안내되자 굴건제복(屈巾祭服)을 한 상주들이 와서 인사를 했다. 동원이가 상주들을 힐끗 보니 키가 훤칠하고 얼굴이 하나같이 길었으며 콧등이 잘생겨 보였다.

"어서 한술 떠먹고 산으로 올라가자. 자릴 잡아야 오늘내일 천광(穿壙) 일을 하고 모레 장사를 치르지."

식사를 마치고 나오는 훈장님과 동원이의 뒤를 따라 상주 두 사람과 친척들, 그리고 작업할 일꾼들이 줄을 이어 산으로 따라왔다.

"상주들 얼굴이 이마와 코가 잘 생기고 시원시원한데요!"

묘 쓸 자리를 정해 좌향과 파는 깊이만 알려주고 저녁때 서당으로 다시 돌아온 동원이는 자기가 본 느낌 그대로 훈장님께 말씀드렸다.

"오늘 갔던 집안은 큰 유림의 집안이다. 그런데 돌아간 분의 대부터 집안에 들어오는 며느리마다 30살을 못 넘기고 죽어서 남자들만 살고 있지. 살림하는 여자란 집을 왔다 갔다 하는 출가한 딸과 노비밖에 없다."

"그럼 그 원인은 관상 중 어디에 있나요?"

"상주들 얼굴을 봤잖느냐, 생김이 모두 큼지막한 말상의 긴 얼굴에 코도 대들보처럼 크고 입도 붕어 입이지 않더냐? 붕어 코(鯽魚鼻)도 있지만 붕어 입(鯽魚口)도 있는데, 남자나 여자나 이런 얼굴이면 초년 홀아비, 과부를 못 면하지(馬相孤寡鯶夫). 그래서 시집오는 며느리마다 아이 한둘을 낳으면 꼭 죽어 남자들만 남은 것이란다. 오늘 돌아간 분의 손자가 30살인데 손자며느리가 애 둘을 낳고 벌써 죽어 홀아비가 됐단다.

그러니까 돌아간 분까지 장자 장손 합쳐 삼대 홀아비가 살았었지! 그런데 며느리들이 아들은 꼭 낳고 죽는단 말이다. 더 자세한 얼굴은 내일과 모레 가서 실컷 보도록 하려무나."

훈장님이 내일 다시 가서 보라고 하시는 것은 모레가 장삿날이라 장삿날은 패철 분금(分金)을 해주어야 하기 때문인데, 모레 일찍 가려면 시간도 차편도 없어서 내일 가서 하룻밤을 묵고 모레 훈장님이 하시는 하관과 분금 일을 보면서 배워야 한다. 분금이란 하관할 때 시체를 길방(吉方)으로 정확히 놓는 것을 말한다.

장사 집에서 이틀을 보내고 오니 동원이의 눈에 상주들 얼굴이 선했다. 지워지지 않는다는 뜻이다. 그동안 말상이라고 해서 크고 작은 남녀의 여러 얼굴들을 보고 배웠지만 이번에 본 얼굴들은 어딘가 달랐다. 이마와 눈과 코가 좋았는데, 평평하며 각진 이마와 약간 째지듯 긴 눈, 그리고 두툼한 콧날 등 관운이 좋은 상이었다.

"그런 얼굴은 모두 홀아비 상인가요?"

동원이가 곰곰 생각하다가 여쭈었다.

"얼굴이 길고 크다고 모두 홀아비는 아니다. 길어도 균형이 맞으면 부부 백년해로를 하고 균형이 맞지 않으면 그 집안처럼 홀아비가 되는데 네가 봤다시피 남자들 얼굴이 살이 없고 너무 크지 않더냐? 코도 크고, 여기서부터 균형이 안 맞는 거지! 그래서 선조 때부터 크고 작은 벼슬들을 했지만 처복이 없는 것이다."

"다시 다른 부인을 얻으면 안 되나요?"

"그렇지 않아도 돌아간 분의 아들이 얻었었단다. 제일 나이 많은 맏상제 말이다. 그것도 세 번씩이나 얻었는데 들어오는 부인마다 죽어 본부인 묘와 함께 묘가 넷이나 된단다. 그걸 알고부터는 그대로들 살고 있지."

동원이는 관상이란 참으로 무섭다는 생각과 함께 세상에는 별별 얼굴들이 다 있다고 생각했다.

7. 광대뼈에 고양이 눈은?

"잘 봐라. 저기 저 부인 눈이 고양이 눈이다."

동원이는 차사님과 다시 장에 갔다가 그릇가게에서 그릇 구경을 하는 중년의 아주머니를 봤다. 차사님 말씀대로 영락없는 고양이 눈이었다.

"고양이 눈에 대해 아는 게 있느냐?"

"아뇨. 고양이 눈은 오늘 처음 봅니다."

"고양이 눈은 대개 여자에게 많은데, 처음 볼 때는 별로지만 보면 볼수록 예쁜 눈이지. 그런데 이 눈도 복잡해서 남녀가 결혼을 하면 끝까지 사는 사람이 드물다. 무슨 뜻이냐 하면 자식들을 낳고, 안 낳고는 둘째 치고 꼭 이혼을 하거나 젊어서 홀아비, 과부가 되는 사람이 많지."

"왜 그렇게 과부상이 많은가요? 관상을 배우면서 과부 아니면 홀아비가 빠지지 않고 나오는데요."

"당연히 그렇지! 사람들의 삶에서 가장 중요한 것이 무엇이냐? 가정을 만들고 지키고 자손 번식시키는 것 아니더냐? 이 가정의 틀이 깨지면 뭐가 되겠느냐? 그래서 다른 것보다 그걸 중요하게 보는 것이다. 안타까운 일이지만 지금 저 젊은 부인도 고양이 눈이라, 이미 부부의 틀이 깨진 과부란다. 그런데 이상한 건 고양이 눈들은 앞으로 나왔든, 옆으로 퍼졌든 광대뼈가 있다는 것이다."

"광대뼈가 옆으로 퍼진 것과 앞으로 나온 것은 어떻게 다른가요?"

"앞으로 나왔든 옆으로 퍼졌든 거의 부부 운이 없다. 초년 결혼 실패에 평생 두세 번 결혼을 해도 나이 50을 못 넘기고 다시 과부가 된다. 그리고 코나 이마나 입술이 좋으면 독신이지만 부자상이고, 좋지 않으면 가난한 독신이다. 코와 입의 생김에 따라 성격이 달라지는데, 순한 얼굴이면 남에게 베푸는 인정이 많고 시비를 싫어하며 한마디로 착한 사람들이지. 책의 광대뼈에 관해 읽은 것 중에서 제일 중요한 대목 생각나는 것 있으면 외워봐라."

"예! 제일 나쁜 광대뼈는 주먹처럼 크고 깎인(顴高頤削) 것인데, 되는 일이 없는 작사난명(作事難明)에 늙어서 외롭다는 만세영정(晚歲伶仃)이며, 여자가 광대뼈가 봉우리처럼 높으면 세 남편을 죽인다는 파살삼부(破殺三夫)에, 남자나 여자나 얼굴에 광대뼈만 있으면(獨顴無面) 중년에 망한다고(中年敗業) 되어 있습니다."

"잘 외웠다만 그뿐이 아니다. 만일 남자가 광대뼈와 이마가 주먹처럼 나오면 머슴이나 노비 상이고 여자가 그렇다면 첩상이나 비천 상이며, 여기에 얼굴에 기미와 주근깨가 지저분하게 끼어도 마찬가지다. 그리고 이마도 광대뼈도 없이 그냥 보통 얼굴에 고양이 눈으로 예쁘게 생기면 요작부(妖酌婦), 즉 싸구려 주점에서 술을 따르는 상이다."

"그럼 엊그제 서당에 약을 지으러 왔던 사람도 장가를 여러 번 갈 광대뼈인가요?"

동원이는 며칠 전 서당에 약을 지으러 왔던 사람 중 특이하게 광대뼈가 나온 사람이 생각나 여쭈었다.

"아니다. 그 사람은 얼핏 보기엔 입과 광대뼈가 나온 것 같지만 이마와 턱이 같이 나와서 오관, 즉 이마, 턱의 좌우 광대뼈와 코까지 합쳐 동서남북 오악(五岳)이 고루 갖춘 얼굴이라 복상(福相)이다. 그런데 만약 그 사람 눈이 동그라면 이는 큰 살인의 눈이다."

동원이가 사는 이웃 마을에는 시어머니와 며느리가 사는 집이 있는데 두 사람이 모두 과부였다. 시어머니는 젊을 때 과부가 됐고 며느리는 전쟁 때 과부가 되었다.

그래서 보름날이면 시어머니는 마당에 멍석을 깔고 앉아 휘영청 뜬 달을 보고 울고, 며느리는 새벽녘에 달이 기울 때면 시어머니 몰래 뒤뜰에서 죽은 남편을 생각하며 운다고 했다.

시어머니는 머리와 얼굴이 남자 얼굴보다도 커서 좀 무섭게 생겼고, 며느리 얼굴은 반대로 작은데 양 광대뼈가 흉하지 않을 만큼 옆으로 나와 얼핏 보면 사마귀 형이었다. 그리고 며느리에겐 동원이 또래의 고등학생 딸이 있었는데 얼굴 생김이 엄마와 국화빵이었다.

"엄마와 딸이 많이 닮았으면 딸도 시집가서 일찍 과부가 되나요?"

동원이가 생각나서 여쭈었다.

"어떻게 생겼더냐?"

차사님 물음에 동원이는 아는 대로 대답했다.

"네 말대로라면 틀림없다. 여자가 붕어눈에 앞으로가 아닌 옆으로 광대뼈가 퍼졌으면 남복(男福)이 없는 얼굴이다."

차사님의 말씀을 듣자 동원이는 은근히 걱정이 되었다. 엄마 눈도 그렇지만 딸도 눈이 크고 약간 앞으로 나온 붕어눈이었기 때문이었다.

"걔 엄만 처음 시집와서 혼자가 되었냐?"

차사님이 다시 물으셨다.

"그런 것 같습니다. 어릴 때부터 같이 자라고 초등학교, 중학교도 같이 다녀서 잘 압니다."

"그렇다면 앞으로 무슨 일이 있을 거다."

차사님이 상체를 흔드시며 알 듯 모를 듯한 표정을 지으시는데 그 표정 속에 무슨 말씀이 담겨 있는 것 같았다.

"무슨 일이라니요? 걔 엄마에게 일이 생기나요?"

"네 말대로 붕어눈에 광대뼈가 그렇게 나왔다면 엄마나 딸이나 이담에 모두 초재배(初再盃) 실패하는 얼굴이지!"

"초재배 실패요? 그게 무슨 뜻인가요?"

"초재배란 남녀가 혼례식 때 건네주는 술잔을 말한다. 그러니까 다시 시집을 가고 또 혼자가 된다는 얘기다."

"예엣? 아니, 그럼 그 애 엄마가 재혼을 하고 다시 혼자가 된다는 뜻인가요? 딸도 시집을 두 번 가고요?"

"내가 직접 얼굴을 못 봐서 뭐라고 할 수 없지만, 네 말대로라면 틀림이 없다. 그리고 네가 관상을 배우기 때문에 알려주는 것이니 그냥 알고만 있고 지켜보기만 해라! 세월이 말해줄 거다."

동원이는 기가 차서 말이 나오지 않았다.

"휴~."

차사님도 무슨 걱정이 있으신지 긴 한숨을 내쉬셨다.

8. 법령이 있느냐, 없느냐

"어제는 뭘 했느냐?"

"학생들 얼굴을 보러 갔었습니다."

"학생들 얼굴에서 무엇이 보이더냐?"

어제 동원이는 훈장님이 외출을 하신다고 해서 서당에 갔다가 한 차례 글을 읽고는 학교 정문 앞에서 턱을 괴고 앉아 오가는 학생들 얼굴을 자세히 살폈다.

"뚜렷한 얼굴은 알겠는데 애매한 얼굴들은 모르겠던데요."

"뭐가 애매하더냐?"

"이것(잘생김)도 저것(못생김)도 아닌 평범한 얼굴들이 그랬습니다."

"그런 얼굴이 이다음에 커서 삶의 기복과 험난함이 없는 복 있는 얼굴이 된다. 즉 남자나 여자나 성장하고 결혼해서 아들 딸 낳고 편안하고 무난한 삶을 사는 얼굴이란 뜻이지."

"그런데 한 여학생 얼굴에 웃을 때 입이 양쪽으로 골이 지던데 그게 뭔지 모르겠습니다."

"법령(法令)이란 걸 본 모양이로구나. 법령!"

"법령요?"

"법령이란 말 모르냐?"

"책에서 보긴 했는데요. 예, 생각납니다. 콧방울 옆에서 입가로 이어지는 유년운기(流年運氣) 부위 56번과 57번에 있는 글자지요."

▲ 이승만 대통령의 법령

"그 법령이란 게 참으로 귀한 거란다. 너 왜 신문에서 가끔 이승만 대통령 사진 봤지? 그 사진을 보면 입가 양 옆으로 난 주름이 보일 것이다. 그게 바로 법령이란다. 여길 봐라. 내 얼굴 여길! 여기서부터 이렇게 굽으며 내려온 주름을 말한다."

훈장님은 자신의 얼굴 콧방울 좌우에 양쪽 선을 그어 가시며 말씀하셨다.

"너 지금 일어나서 거울을 보며 법령을 찾아봐라."

훈장님의 말씀에 동원이는 벌떡 일어나 거울 앞에 서서 자신의 법령을 살폈다.

"저도 있는 것 같은데요."

"그래 있다."

"그런데 이게 무슨 뜻이 있나요?"

"아주 중요하지. 법령이란 시시한 게 아니다. 법령의 유무에 따라 사람들 복(福)이 달라지거든. 법령은 사람이 웃을 때 더욱 선명하게 나타나는데, 얼굴이 둥글든 길든 잘생긴 법령이 있으면 귀인(貴人) 상이고, 빈

약한 얼굴에다 법령도 가늘면 춥고 배고픈 빈한(貧寒) 상이다. 특히 여자의 경우 얼굴이 둥글고 법령이 뚜렷하면 맏며느리감이지. 이런 얼굴은 시집을 가면 재산도 늘어나고 아이도 잘 낳으며 살림도 잘한다. 그리고 얼굴이 긴 사람은 법령이 구부러지지 않고 직선으로 내렸거나 있다 해도 작고 짧은데 이런 사람은 악덕에 박복한 사람이다. 즉 단명(短命), 관재(官災), 재혼, 독신들이 많다는 말이다."

"법령이 없는 사람도 있나요?"

"묻기 전에 항상 주변 사람들 얼굴을 생각해봐라. 얼굴이 둥글어도 없는 사람이 있고, 길어도 있는 사람이 있다. 다만 그 길이가 문제지."

"없는 사람은 귀인이 없나요?"

"그렇지 않다. 없는 사람도 얼마든지 출세를 하지만 법령이 있는 사람이 훨씬 좋다는 뜻이다. 책에는 법령이 어디에서 어디까지 가면 좋고 나쁘다고 하는데 이것도 틀리게 말하는 것이 많다."

동원이는 훈장님의 설명을 듣고 나서 금세 머릿속으로 잘사는 사람들과 못사는 사람들의 법령을 생각해봤다. 그런데 학교 다닐 때 후덕하셨던 교장 선생님도 굵은 법령이 있고 사모님도 법령이 있었으며, 특히 훈장님과 차사님의 법령은 뚜렷하고 굵었다.

9. 사람을 죽이는 얼굴이란?

가을 추수가 끝나자 학생들이 월사금의 일종인 쌀들을 가져왔다. 훈장님께 내는 것은 학교처럼 분기별로 내는 돈이 아니라 1년에 한 번, 가을 추수가 끝난 뒤 쌀로 성의껏 내는데 많아야 닷 말이고, 적으면 두 말이었다.

"달영이 오늘 뭐하냐? 저기 마루에 쌀과 소금 내놨으니 손 영감네 갖다 줘라."

"예."

"어? 손 주태 영감네 집에 쌀과 소금을?"

손 영감네 집에 쌀가마를 갖다 주라는 훈장님 말씀에 달영이는 대답을 했지만, 아이들은 의아해하며 놀랐다. 하지만 이 일은 아무도 모르고 있을 뿐, 벌써 몇 해째 달영이가 심부름을 하고 있었다.

사실 훈장님의 집은 마을에서 제일 큰 기와집이고, 손 영감의 집은 작은 초가집에 싸리와 수수깡 울타리였다. 손 영감네는 그 전에는 집 근처 남의 논밭을 붙여먹고 살았지만 지금은 나이가 많고 몸도 약하다 보니 일을 못해서 콩 한 줌도 없었다. 애경이도 소식이 없고 찾는 사람도 없어 두 노인 부부가 근근이 살고 있었다.

손 영감이 술을 먹는 것도 돈을 주고 사먹거나 담아먹는 것이 아니라 큰 일 치르는 집이나 다른 사람들로부터 얻어먹었다.

이런 손 영감에게 훈장님은 여름 하지(夏至) 때는 보리쌀, 가을에는 쌀과 소금을 보내주었다. 훈장님의 이러한 선행 소식을 알게 된 학생들은 순간 울컥하고 숙연해졌다.

　오랜만에 차사님과 동원이가 장엘 갔다. 오늘 장에도 어김없이 약장수가 와서 원숭이와 함께 잡기들을 부리고 막간을 이용해 약을 팔았는데 사람들이 구름떼처럼 몰려들어서 구경을 하고 있었다.

　"저기 창가(唱歌)하는 기생 얼굴 좀 봐라."

　차사님은 항상 유행가를 창가라고 하시고 가수를 기생이라고 하셨다.

　동원이는 노래와 미모에 홀려 차사님 말씀을 깜빡 잊고 다른 사람들처럼 입을 헤벌리고 바라봤다. 그리고 노래가 끝나자 차사님이 계신 곳으로 왔다.

　"뭘 그렇게 해가 넘도록 보고 있냐? 얼굴을 볼 때는 후딱 훑어 보는 습관을 길러라! 단 한 번으로 모든 것을 읽어야 한다는 말이다."

　차사님의 말씀에 동원이는 머리를 긁적였다.

　"저 기생 얼굴 보기에 어떻더냐? 아는 대로 말해봐라."

　"글쎄요."

　동원이는 여자 가수가 평생 처음 보는 얼굴에 하도 예뻐서 뭐라고 설명을 해야 할지 몰랐다.

　"저 여잔 보통 얼굴이 아닌 요물이다. 적어도 대여섯 남자는 갈아치울 얼굴이다. 어디 어디가 그런지 다시 생각해봐라."

　"제가 보기엔 얼굴이 작고 달걀처럼 생긴 데다 눈이 동그랗고, 눈꼬

리는 보일락 말락 살짝 처졌고, 콧날이 높은 것 같은데 어떻게 풀어야
할지 모르겠습니다."

"목소리와 입과 목이 빠졌다. 한마디로 사람 홀리는 요괴(妖怪) 백여우
얼굴이다. 목소리는 여기서도 들을 수 있으니 머리와 입과 목을 다시 보
고 와라."

"예. 그런데 백여우라고요?"

동원이가 가만히 생각해보니 무서운 소리였다. 얼굴은 조금 배워서
알겠는데 목소리는 잘 알 수 없었다.

"관상 공부가 어렵고 무섭지?"

"예."

"지금 내가 머리와 입과 목이라고 했는데, 다시 가서는 노래할 때 머
리와 목과 노랫소리를 듣고 와서 느낀 대로 설명을 해라."

동원이는 속으로 여자의 목이 학이나 두루미처럼 길거나, 엿가락처
럼 가늘거나, 독이나 항아리, 또는 붕어처럼 없으면 과부상이고, 윗머
리가 뾰족해도 독신 과부상이며 보통 말할 때 강한 쇳소리, 또는 막걸리
먹은 목소리, 탁한 신음소리는 과부상이란 걸 생각하며 노래를 들었다.

'역시 차사님 말씀이 맞구나.'

동원이는 자세히 살핀 후 차사님께 말씀드렸다.

"목이 길거나 엿가락처럼 가는 것만 과부상이 아니라, 능 앞에 있는
문무석처럼 없어도 과부상이란다. 저 기생 머리가 뾰족하고 목이 황새
처럼 길지 않더냐? 노래라 듣기 좋지, 실제론 대장간에서 두드릴 때 나

는 강한 쇳소리라 소름끼치는 목소리란 말이다. 여자가 저런 목소리면 팔자 다 본 거지. 이것저것 합쳐 백 남자를 잡아먹을 얼굴이란 말이다."

"머리가 뾰족한 것은 알고 있었는데 목소리가 쇳소리라는 것은 오늘 처음 알았습니다."

동원이는 아직 목소리까지 알 실력이 되지 않았다.

"사람들 목소리를 모두 들어봐라. 얼굴과 이목구비처럼 같은 목소리가 하나라도 있는지! 제일 조심할 목소리는 남자나 여자나 쇳소리와 탁한 목소리다. 역시 홀아비, 과부 목소리들이지. 그리고 사람 죽이는 얼굴은 여자만 있는 것이 아니라 남자들에게도 있단다."

"옛? 남자도요?"

동원이가 또 놀라며 차사님을 바라봤다.

"너는 아직 나이도 어리고 관상을 배우는 중이라 그런 얼굴을 못 봤겠지만, 나는 살아오는 동안 여럿 봤고 지금 네 앞에도 있다."

"예? 제 앞에도요?"

동원이는 왠지 계속 소름끼치는 기분이었다.

"너, 전에 저기 고무신 가게 복상(福相)이라고 한 아주머니 알지?"

"예."

"그 여자 남편이 바로 그런 얼굴이다."

"그 주인 아주머니 남편요?"

"이런 말은 입조심해라! 어른들 알면 경친다."

"예."

사실 동원이가 신발을 사러 가면 가게에는 언제나 아주머니 혼자 물건을 팔고 있어서 남편을 한 번밖에 본 적이 없었다. 군인이기 때문이었다. 그런데도 아이들은 셋이었다.

　"잘 지켜봐라. 세월이 지나면서 남편이 어떻게 변하는지……. 말하기 뭣하다만 얼굴 바탕과 이목구비가 백취상(百娶相)이라 마누라 여럿 잡아먹는 얼굴이지."

　"백취상요?"

　동원이는 또다시 놀랐다.

　"저 얼굴에서 가장 무서운 것이 입이다. 매의 입(鷹口)이란 말이다. 눈치 못 채게 옆에서 잘 봐라. 오므린 입술이 매부리처럼 앞으로 나왔고 끝이 뾰족해서 인중(人中)과 합쳐 틀림없는 매부리 입이다. 지금은 나이도 젊고 아무것도 모르고 있지만 머지않아……."

　말씀을 하시던 차사님이 잠시 멈추는 듯하시더니 다시 이으신다.

　"머지않아 부인이 죽는다."

　"……."

　동원이는 듣고 보니 사람의 얼굴이란 참으로 무섭다는 생각이 들었다.

　다시 말해 남자는 마누라가 죽어 재취(再娶)를 하면 들어오는 여자마다 죽게 되고, 여자는 남편이 죽어 재가(再嫁)를 하면 가는 곳마다 남자가 죽는다는 말이었다. 그래서 이렇게 시집 장가를 여러 번 가는 남녀를 백취상(百娶相), 백가상(百嫁相)이라고 한다는 것이다.

　동원이는 조용히 두근거리는 마음으로 고무신 가게 앞으로 가서 사복 차림의 남편을 봤다. 그런데 백취상이라고 해서 얼굴이 험상궂거나 봉두난발에 망나니 같은 곳은 한 곳도 없었다. 오히려 오관이 뚜렷하고 잘생긴 얼굴이었으며 다만 눈이 동그랗고 입이 약간 나온 듯했다. 저 얼굴의 입이 백취의 입이라니, 소름이 돋았다.

나중에 안 얘기지만 차사님의 말씀대로 이 남자는 80살까지 살며 여섯 번이나 부인을 얻었다고 한다.

"휴……."

"차사님께선 웬 한숨을 그리 쉬시나요? 무슨 걱정이라도……."

동원이는 차사님의 한숨이 답답해서 여쭸다.

"아무것도 아니다!"

10. 매부리코, 매부리 입, 악어 입

"매부리 입을 말한 김에 매부리코 얘기를 하나 해주마."

동원이는 차사님이 얘기해주시는 것은 언제나 재미있었다. 이야기 속에 나오는 인물과 똑같은 사람을 보든, 안 보든 듣고 나면 중요한 공부가 되기 때문이었다.

"내가 젊을 때 얘기다. 내가 살던 집 근처에 박 부자라는 사람이 살고 있었는데 소문난 부자였다. 시골에 땅이 얼마나 많은지 당시(왜정 때) 한성(서울)으로 쌀을 실어 나르는 도라쿠(트럭)가 다섯 대나 됐다. 사치가 심해서 입는 옷은 언제나 최고 멋쟁이 나카오리 중절모에 마카오 신사 차림이고, 인력거를 탈 때는 손에 호두알을 다각다각 굴리며 다녔다. 그런데 이 박 부자가 대단한 바람둥이 난봉꾼이었지. 한 달에 한 번씩 보약을 지러 오는데, 올 때마다 더 좋은 보약, 더 좋은 보약 하는 것이다. 그래서 부인과 첩이 몇이냐고 물었더니 조선녀, 왜녀(倭女), 청녀(淸女) 합쳐 여덟 명을 뒀다는 것이다. 그래서 세 나라 여자들 중 어느 나라 여자가 가장 맘에 드느냐고 물었더니 왜녀 사비스(서비스)가 최고라고 했다. 우리 조선녀와 청녀는 더럽고 지저분하다는 것이다. 그래서 지나가는 말로 그 왜녀를 한번 데려와 보라고 했다. 며칠 후 박 부자가 왜녀를 데려왔는데, 이게 참 사람 웃기는 얼굴이지 뭐냐? 박 부자의 생김새는 말똥눈에 매부리코, 매부리 입인데, 이 왜녀는 전형적인 왜녀 얼굴 그대로인 거야!"

"전형적인 왜녀 얼굴요?"

듣고 있던 동원이가 놀라 여쭈었다.

"이다음에 일본 게이샤(기생) 얼굴이나 사진을 볼 기회가 있을 거다. 갸름하니 긴 얼굴에 눈은 초승달 같고 코와 입은 매화꽃 같지. 눈 끝이 치올라간 사무라이 같은 얼굴도 있지만! 자기가 죽으라면 죽는 시늉까지 한다는 거여!"

"우리나라는 전형적인 여자 얼굴이 없나요?"

동원이는 다시 여쭈었다.

"우리나라는 얼굴이 아니라 눈과 키다. 무슨 말이냐 하면 조선시대부터 6·25 전쟁 전까지는 시집갈 처녀가 키가 크거나 눈이 크면 팔자가 세다, 남편 복이 없다, 팔불출이다 해서 안 데려가고, 아담하고 작은 여자만 데려갔다. 그래서 지금도 웬만한 집 마나님들을 보면 모두 키가 작고 땅딸막하고, 눈도 작거나 약간 길지. 키와 눈이 크면 절대 벼슬하는 집이나 부잣집으론 시집을 못 갔다."

이때 동원이의 머릿속을 스치는 것이 있었다. 다름 아닌 훈장님 사모님도 키와 눈이 작다는 것이었다. 그런 뜻에서 차사님의 말씀이 이해가 되었다.

"그리고 청나라도 우리나라와 비슷했는데, 옛날 당나라 때는 왕비나 궁녀, 재상비(宰相妃)를 고를 때 둥근 눈에 사각 금형 얼굴만 골랐다고 한다. 지금 배우는 과부상의 기본인 사각 얼굴 말이다. 그 전통이 명나라까지 내려오다가 청나라 때 바뀌어 약간 긴 얼굴에 눈은 장수들 눈처럼 째지고 눈꼬리가 위로 올라간 여자로 바뀌었지. 그러다가 청국이나 왜국이나 우리나라 여자 얼굴 기준이 대동아 전쟁과 6·25 전쟁이 끝나면서 대폭 바뀌었다. 옛날과는 정반대로 키와 눈이 큰 여자들로 되었지! 모든 것이 시원시원하다나 어쩐다나. 지금도 당장 그렇잖더냐? 선을 볼 때 남자나 여자나 키가 크고, 눈이 큰 여자들을 좋아하니 말이다. 얘기가 다른 데로 흘러갔다만 그 후 내가 박 부자에게 왜 그렇게 많은 처첩을 두었느냐고 물으니 이 사람의 대답이 기가 찬데, 청녀 자식도 보고 싶고, 왜녀 자식도 보고 싶어서라는 거다. 속으로 별 사람도 다 본다고 생각하며, 그럼 우리 조선녀와 사이에서 나온 자녀들은 몇이냐고 물으니 내 생각대로 딸 넷에 맨 끝 첩의 몸에서 난 아들 하나가 있다고 했다. 무슨 뜻인지 이해가 되냐?"

차사님은 박 부자가 딸부자 관상임을 미리 아셨던 것이다.

"대충은 짐작이 갑니다."

"대충이 아니라 정확하다. 남자 관상에서 매부리코에 매부리 입은 위에서 말한 대로 자식 두기가 어려운 얼굴이다. 어느 집이든 이런 얼굴의 남자나 여자가 있으면 절자 절손은 각오를 해야 된다. 다시 말해 아들을 낳기 위해 여러 첩을 둬도 소용없다는 말이지. 다만 매부리 입일 경우 간신히 독자 아들을 얻을 수는 있다."

"매부리 입은 정확히 어떻게 생겼나요?"

"매부리 입은 입술만 뾰족한 것으로 생각하는데 그렇지 않다. 양 볼에서 입과 입술로 좁아지면서 끝이 아래로 구부러진 것이 매부리 입술인데, 이것도 천 명에 한 명이 있을까 말까한 드문 입술이지!"

"그런데 뾰족한 얼굴도 있나요? 그 기준을 잘 모르겠습니다. 어떤 얼굴을 뾰족하다고 하죠?"

동원이는 매부리 입술 설명을 듣다가 뾰족한 얼굴이 무엇인지 갑자기 궁금해서 여쭈었다.

"네 말처럼 뾰족한 얼굴이 있을 순 없다. 이럴 때는 눈과 코와 입과 턱, 얼굴 바탕을 보게 되는데, 삼각형 눈에 눈동자가 약간 앞으로 나오고, 코는 뾰족하되 위로 솟지도, 아래로 숙이지도 않았으며, 입은 양 볼에서부터 물고기 입처럼 앞으로 나와 입술이 불 끌 때 후 하고 부는 모습을 연상하면 된다. 이런 얼굴은 독신자, 홀아비, 과부들이 많고, 여기에 이마가 크거나 앞으로 너무 나오면 사지(四肢) 불구자이며, 얼굴이 너무 넓게 커도 뾰족한 얼굴처럼 불구자의 얼굴이라고 할 수 있다."

"참, 보는 순서도 많고 보기도 어렵네요."

설명을 들은 동원이는 한숨을 쉬며 말했다.

"살다 보면 지금까지 배운 얼굴들을 보거나 만나게 될 테니 걱정 마라."

서당에 군인 장교 대위가 찾아와 훈장님께 인사를 했다. 모자를 벗고 인사를 한 그는 마루에 걸터앉았고 훈장님은 방 안에서 반갑게 맞이하시는데 동원이가 보기에도 잘생겨 보였다. 삼정을 비롯해 미릉골에 일자 눈썹이 뚜렷했다.

"참 잘생겼지? 나라의 동량(棟樑)감이다. 눈과 얼굴 형과 악어의 입(鼉

口)에서 용맹과 기상이 넘치니 무인기골의 얼굴인데……. 눈빛이 너무 강해서 재상(장관)에서 그칠 것이다."

"눈과 얼굴 형은 그동안 배워서 알겠는데 악어 입은 무엇인가요?"

"넌 악어라는 동물을 아직 못 봤지?"

동원이는 악어뿐만 아니라 창경원에 있다는 코끼리도 못 보고, 공작새도 아직 못 본 상태였다. 그저 교과서에서 그림으로만 봤을 뿐이었다.

"그 악어라는 동물의 입이 용의 입처럼 좌우로 쭉 찢어지고 끝은 살짝 올라갔는데 관상에서는 용의 입(龍口)이라고 하지! 그런데 용도 상상의 동물이라 본 사람이 없어서 비슷한 악어 입이라고 하는 거란다. 그래서 남자가 이마나 코가 좋고 악어 입이면 귀중귀(貴中貴)의 입이고, 여자도 마찬가지다. 지금 정치판에 악어 입을 한 젊은 국회의원이 있는데 앞으로 틀림없이 대통령이 될 것이니 두고 봐라."

"입이 크고 길면 전부 악어 입인가요?"

"아니다. 악어 입은 가운데에서 좌우로 구불구불하고 끝이 위로 살짝 올라가야 한다. 그렇지 않고 그냥 긴 입은 일자(一字) 입일 뿐이다."

11. 차사님은 누구인가?

장에서 돌아오는 길에 차사님과 동원이는 전처럼 논둑에 앉았다.

"이젠 관상을 어느 정도 배웠으니 내 얼굴에 대해 아는 대로 설명 좀 해보거라."

차사님이 동원이에게 말씀하셨다.

"예? 제가 차사님의 관상을요?"

그렇지 않아도 동원이는 차사님의 관상이 제일 궁금했다. 지금까지 배운 실력으로는 차사님의 얼굴을 읽을 수 없었기 때문이었다.

"아휴! 모르겠습니다."

"이제 내가 떠날 때도 됐으니 내 신상에 대해 모두 알려주마."

차사님은 갑자기 동원이에게 자신의 이야기를 들려주셨다.

정 차사는 1890년대 한양(서울)에서 의원을 하는 부잣집에서 2대 독자로 태어났다. 생활이 풍족한 집안의 독자라 어른들로부터 많은 귀여움을 받고 자랐다. 나이 5살이 되면서부터는 가업을 잇기 위해 중의학(한의학)과 신학문을 겸해서 배우고 18살엔 결혼도 했다. 그리고 25살엔 가업을 이어받아 자신의 이름으로 환자들을 보며 의원생활을 했다. 정 의원이 된 것이다.

그런 정 의원에게 이상한 조짐이 일어났다. 나이 30에 벌써 딸만 넷을 낳은 것이다.

며느리 뱃속에 딸만 들었다고 실망을 한 집안 어른들은 소실을 들이

게 했다. 그런데 여기서 또 딸 둘이 태어났다. 나이 마흔이 넘었을 때는 세 번째 소실을 두었고 딸만 7명으로 늘었다.

해를 거듭하며 고민이 깊어지자 잡학으로 배운 사주와 관상을 보기도 하고, 조상의 묏자리도 보았다. 대를 끊어 가문과 조상에게 누를 끼치지나 않는지 궁금해서였다.

하지만 아직 나이가 있다는 희망을 버리지 않은 정 의원은 기력을 돋우며 네 번째 소실을 들였다. 그러자 여기서 기적이 일어났다. 연년생으로 아들이 태어났고, 마침내 아이들 엄마는 동대문 댁이 되었다.

집안에 사라졌던 웃음이 다시 살아났고, 활기가 넘쳤으며 백일잔치, 돌잔치 때는 많은 사람들의 축하도 받을 수 있었다.

매일 다른 모습으로 아이들이 커가자 정 의원은 조상께 지은 죄를 씻었다고 생각하고, 지금까지 봐온 사주나 관상 책들을 모두 태워버렸다.

어느 따뜻한 봄날이었다. 한가한 시간에 정 의원은 대청마루에서 큰부인과 같이 마당에서 아이들의 노는 모습을 흐뭇한 표정으로 바라보다가 얼굴이 일그러지고 말았다.

'아니! 흐음! 분명 내 자식이 아니다.'

아이들의 노는 모습을 보던 정 의원은 방 안으로 들어가 도리질을 했다.

'분명 내 자식이 아니다. 아니란 말이다.'

자기 자식이 아니라고 의심을 하기 시작하자 누구의 자식인지 꼬리에 꼬리를 물고 이어져 머릿속은 터질 지경이었다. 의심은 그날뿐 아니

라 며칠 전에도 있었다. 그런데 그날 다시 보니 자기 자식이 아닌 것이
확실했다.

"내, 몸도 마음도 쉴 겸 며칠 온천엘 좀 다녀오리다."

정 의원은 큰 부인에게 이같이 말하고 어디론가 떠났다. 그동안 정
의원은 다른 사람들이 봐도 이상할 정도로 몰골이 초췌해져 갔다.

집을 떠난 지 며칠째 되는 날이었다.

"어느 놈이 드나들더냐? 몇 놈이나 드나들더냐? 종놈 덕팔이와 약종
상 백가라고?"

집을 나온 정 의원은 조용한 곳에 방을 얻어놓고 비밀리에 장정 두
사람을 풀어 집에 드나드는 사람들을 살피게 했다.

"역시……."

일꾼 덕팔이와 약종상 백가라고 하자 얼굴에 경련이 일어났다.

그리고 며칠 후였다. 장안이 떠들썩한 사건이 터졌다. 동대문 댁과
두 아이를 비롯해 덕팔이가 양잿물을 먹고 죽었고, 백가는 자기 집에서
목을 매 죽었다는 소식이 들렸다.

정 의원의 눈은 정확했다. 그러니까 마당에서 아이들이 놀 때 큰아들
의 눈매가 덕팔이의 눈매를 닮았다고 느낀 것이다. 그런데 둘째는 누구
를 닮았는지 생각이 나지 않았다.

이 덕팔이란 놈은 어릴 때부터 머슴으로 들어와 일을 했는데 힘도 좋
고 일도 잘했다. 무거운 약재 부대도 번쩍번쩍 들어 옮기고 장작도 잘
팼으며 작은댁들에게 가는 먹을거리 심부름도 덕팔이가 했다.

동대문 댁을 다그치자 둘째는 약종상 백가의 아이라는 자백이 나왔다. 백가는 약장사답게 아들 낳는 좋은 약이 있다며 드나들다가 일을 저지른 것이다.

장안에 이름난 의원이라고 떨치던 명성도, 찾아오는 환자와 손님들도, 성장해가는 딸들과 가정도 모두가 환멸스러울 뿐이었다. 정 의원은 방랑과 방황의 길로 들어 국내는 물론 청나라와 왜국을 10여 년간이나 떠돌며 마음을 달랬다.

그렇게 전전하다가 지금의 훈장님과 알게 되었고, 서로의 높은 학문과 한의(韓醫) 실력으로 오늘에 이르러 벌써 40년이나 되었다고 한다.

"휴, 내가 실성하지 않는 것만도 다행이지."

이야기를 끝내신 차사님이 먼 산을 바라보시며 또 긴 한숨을 내쉬셨다.

차사님의 이야기를 듣고 나자 동원이는 그동안 차사님의 긴 한숨과 어두웠던 표정의 궁금증이 일시에 풀리는 듯했다.

"앞으로 더욱 열심히 배우도록 하거라. 그동안 훈장님과 내가 가르친 학문은 세상 모든 관상쟁이들한테 다니며 물어도 모르는 것이 많다."

"예."

다음날 동원이가 서당에 오니 차사님은 이미 떠나시고 안 계셨다.

동원이의 관상 공부는 많은 발전이 있어서 사람을 볼 때 깨달아 알게 되고, 또 조금씩 보이기 시작했다.

동원이는 차사님과 훈장님으로부터 3년여 동안 많은 가르침을 받으며 노력도 많이 했다. 즉 혼자 사는 할아버지와 할머니들의 얼굴을 살피고, 아들과 딸만 있는 집이나 부자들도 살폈다. 부자와 가난한 집, 장수하는 노인의 얼굴도 살피고 게으름뱅이도 살폈으며 소도둑과 자전거를 훔쳤다가 징역살이를 하고 나온 사람의 얼굴도 살폈다.

또 선거 때면 벽면을 도배하는 국회의원과 도의원들의 사진을 보고 당선된 사람들의 얼굴을 살피는 한편, 싸움을 잘하는 사람과 낚시질만 하며 놀고먹는 얼굴도 살폈다.

그리고 가을이면 결혼하는 집들이 많고 다음해면 어김없이 배부른 여인들을 볼 수 있었는데, 그럴 때마다 동원이는 속으로 저 아주머니는 딸, 저 아주머니는 아들을 낳을 것이다 생각하면 모두 맞았다. 그렇다고 친구들이나 집안 어른들께 그것을 자랑하거나 하진 않았다.

"이젠 손 영감 얼굴도 읽을 수 있을 것 아니냐? 왜 자식을 잃고 손녀딸도 그렇게 사는지 말이다."

점심때가 지나고 한가한 오후에 훈장님이 물으셨다.

"예. 그런데 제가 보기에 애경이 할아버지 얼굴에 악사(惡死), 즉 익사(溺死) 운이 있는 것 같은데 잘못 봤는지 아직 아무렇지도 않네요."

"얘, 아서라! 그런 건 너만 알고 있어야지, 어디 가서 함부로 떠들면 안 된다!"

훈장님은 안색을 바꾸시며 말씀하셨다.

"예."

손 영감은 둥근 얼굴에 쭈글쭈글한 주름이 많고, 코 양쪽으로 검버섯 비슷한 수액점이 있었으며 지난번 장날에 알게 된 납작 돼지 코에 윗입술은 달라붙듯 짧고 아랫입술은 삐죽 나온 팥죽 상이었다.

그런데 얼마 전 동원이가 손 영감을 봤을 때 깜짝 놀랄 것이 눈에 띄었다. 눈동자에 굵고 붉은 핏줄이 침범했고, 콧등엔 언제 생겼는지 질액문(疾厄紋)이 있었다. 동원이가 몇 번을 되풀이해 봤지만 틀림없는 질액 무늬였다.

사람이 아무리 늙어도 특별한 경우가 아니면 웬만해선 콧등에 주름이 생기지 않는다고 배웠었다. 그래서 오늘 훈장님께 악사 운이 있는 것 같다고 말씀드린 것이다.

차사님이 떠나신 지 어느덧 한 해가 지났다. 예전 같으면 벌써 오셨을 텐데 올해는 봄이 지나도 오시지 않아 매우 궁금했다.

"올해는 차사님이 왜 안 오시죠?"

동원이는 훈장님에게 여쭈었다.

"어린 아들 보는 재미에 푹 빠져 계실 거다."

"아들 보는 재미라니요?"

"작년에 아들을 보셨단다."

"예? 아들을요? 아니, 연세가 몇이신데요?"

동원이는 놀라서 두 눈을 크게 떴다.

"나이 70인 작년에 아들을 봤단다. 증손자뻘이지."

훈장님의 말씀은 이랬다.

"그러니까 차사님은 떠돌이 방랑생활을 하다가 몇 해 전에 절에서 참으로 이상한 인연을 만났단다. 절에 불공을 드리러 온 50대의 전쟁 미망인을 만났는데, 그렇게 해서 아들을 낳았지."

"세상에 참!"

동원이는 차사님의 감쪽같은 소식에 놀랄 수밖에 없었다.

동원이는 아침 공부를 끝내자 걸어서 장으로 갔다. 차사님이나 훈장님 없이 사람들의 얼굴도 볼 겸 창호지도 살 겸 해서 간 것이다. 창호지를 사려는 것은 훈장님의 책에서 베껴 쓸 것이 너무 많아서였다. 훈장님께서 그동안 쓴 책만도 여러 풍수 책을 비롯해서 천기대요, 관상, 택일법, 제갈량점법 등 20여 권이나 되었다.

여느 때나 다름없이 약장수가 와서 떠들며 약을 팔고 있었다. 동원이는 구경도 할 겸 사람들 얼굴도 볼 겸 사람들 틈새로 들어가서 구경하는 사람들 얼굴을 하나하나 살펴보았다. 그 속에 애경이 할아버지도 눈에 띄었다.

애경이 할아버지 손 영감은 동원이가 자기를 보는 것을 아는지 모르는지 맨땅에 다리를 꼬고 앉아 구경을 하고 있다. 그런데 오늘따라 햇살에 비치는 들창코가 합죽이 입과 함께 더욱 돋보였다.

약장수들의 노래와 동물들의 재롱이 끝나고 선전에 들어가자 사람들이 우르르 자리를 털고 일어났다. 이때 손 영감도 일어나 뒷짐자세로 어슬렁거리며 장죽 담뱃대와 물건들을 구경하고 있었다.

"할아버지, 장에 오셨어요?"

동원이가 다가가 손 영감에게 인사를 했다.

평소에 공부에 열중인 것을 안 손 영감은 동원이가 인사를 하자 웃으며 인사를 받았다.

"너도 장에 왔냐? 뭘 사러 왔냐?"

"창호지 좀 사러 왔습니다."

술을 마시지 않으면 손 영감은 매우 점잖았다.

"살 물건들은 다 샀니?"

"이제 사려고 합니다."

"물건 사거든 갈 때 나하고 같이 가자."

"예."

"그런데 점심은 먹었니?"

"아직 안 먹었습니다."

"그럼 우리 저 찐빵이나 사 먹자."

두 사람은 찐빵을 가지고 사람들 눈에 띄지 않는 다른 곳으로 가서 먹었다.

그런데 장바닥 한쪽에서 어른들 싸움이 일어났다. 남녀 서너 명이 낮술에 취해 큰소리로 싸우고 있었다.

"개 잡상들 또 싸우네!"

손 영감이 중얼거렸다.

"개 잡상?"

언젠가 차사님으로부터 들은 말이었다.

"저런 얼굴들을 개 잡상이라고 하나요?"

"개 잡상도 그냥 개 잡상이 아니라 똥개 잡상이지!"

손 영감의 입에서 관상 용어가 나왔다.

"저 악쓰며 덤비는 여자 얼굴과 삿대질 하는 남자 얼굴을 봐라! 저렇게 낮술 처먹고 여러 사람 보는 데서 소리 지르며 싸우는 놈들이 사람이더냐? 자기 자식들, 식구들도 다 오는 장인데! 난 아무리 술을 마셔도 지금까지 저런 짓은 안 했다. 게다가 말하는 주뎅이가 옴찔옴찔하는 것이 꼭 똥 싼 개똥구녁, 닭똥구녁처럼 생겨가지고⋯⋯."

손 영감의 말에 동원이 눈이 그의 입술에 꽂혔다. 정말 입술이 작고 없다시피 한 것이 그가 말한 모양대로 보였는데, 이런 입술도 있다는 것을 배웠었다.

"얼굴 볼 곳은 없나요? 어디가 어때서 그런가요?"

"어휴, 게욱질나게 저까짓 상판들 볼 게 뭐 있냐? 정치꾼 뒤꽁무니나 졸졸 따라다니는 박수잽이질들이나 하는 똥개 잡상들인데! 저 여자 상판대기 눈을 봐라! 아래 눈꺼풀이 겹으로 처지고 위로 박힌 눈알맹이가 매 눈처럼 살기가 돌지 않냐? 저런 년은 죽은 서방 행송(상여)을 다섯 번이나 뒤따라갈 년이다. 시집을 다섯 번이나 간다는 말이다."

손 영감의 말에 동원이가 보니 정말 눈동자가 반은 위로 박혀 있었다.

"눈동자가 반으로 보이면 그것도 과부상인가요?"

"과부뿐 아니라 홀아비도 그렇다. 게다가 좁쌀처럼 작거나 할미새 눈동자면 이것도 좀도둑 눈이란다. 그리고 너! 관상 배우는 거 내가 다 안다. 얼마나 배웠는지 모르지만 저런 눈알맹이는 남에게 지기 싫어하고 무슨 일이든 사사건건 트집 잡아 싸움만 걸지. 좀 전에 말한 개 잡상이란 말이다. 왜 그런지 아냐? 개들은 아무 데서나 붙어나고 싸우지 않더냐? 그런데 개 잡상은 꼭 저런 사람만 아니라 서울 국회에도 있다. 라디오 뉴스에서 국회의원들이 쌈박질하는 소릴 들어봐라 어떤가? 사실 이승만 정권, 장면 정권, 허정 임시내각 하에서도 국회는 매일 쌈박질 뉴스뿐이지 않더냐? 그리고 사람의 얼굴은 보는 사람 눈에 따라 깨끗한 얼굴, 더러운 얼굴, 호감 가는 얼굴, 싫은 얼굴, 징그러운 얼굴, 차가운 얼굴, 따뜻한 얼굴 등이 있다. 그런데 사람들은 이 얼굴들을 제대로 볼 줄 모른다. 제대로 볼 줄 모른다는 뜻은 웃음에 있다. 한 예로 험상궂거나 악한 얼굴이 아이들에게 웃으면서 대하면 좋게 보인다. 그러나 그것은 가식일 뿐 속마음은 전혀 다르지. 흑심 가득하고 엉큼하단 말이다. 하긴 내 얼굴도 얻어먹는 천한 개 잡상이지만……."

개 잡상이라고 욕을 하던 손 영감의 얼굴에 수심이 가득했다.

'잡상들[雜相人]! 개 잡상들[狗雜相人]! 똥개 잡상들[屎狗雜相人]!'

좋은 말인지, 나쁜 말인지 동원이는 오늘 장에서 손 영감에게 한 가지를 배워간다는 생각이 들었다.

아침 공부가 끝나자 학생들이 훈장님의 눈을 피해 구석구석에서 꾸벅꾸벅 졸고 있었다. 학생들은 이틀째 졸고 있었는데 동원이도 마찬가지였다.

"오늘도 또 조는 것을 보니 어젯밤에도 활동사진(영화) 구경들을 갔던 모양이구나."

훈장님이 가벼운 미소로 조는 아이들을 둘러보시며 중얼거리셨다.

면소재지 장터에 활동사진이 들어왔다. 장바닥 공터에 천막을 둘러친 가운데 땅바닥에 주저앉거나 쪼그려 앉아 보는 이동 영화관이다. 영화 상영은 보통 3, 4일을 하는데 구경꾼이 많으면 4일을 하고, 없으면 이틀 만에 다른 곳으로 갔다.

벽보가 붙으면 온 면민들이 조용히 들뜨는 한편 근심이 앞섰다. 돈이 없기 때문이었다. 요란한 소리를 내는 발동기를 돌려 전깃불을 켜고 유행가를 틀어대면 저녁을 먹은 사람들이 10리 밖에서도 떼를 지어 왔다. 한편으론 월하노인(중매쟁이)이 없이도 총각 처녀들이 들뜨는 밤이기도 했다.

"이제 그만 정신들 차리고 글 읽어라!"

아직도 졸고 있는 학생들에게 훈장님이 말씀하셨다.

"오병아! 어젯밤에 구경 갔었지? 재밌더냐?"

학생들이 한차례 읽고 나서 책을 덮자 훈장님이 오병이에게 물으셨다.

"옛? 아아, 저……."

오병이는 뒤통수를 긁적이며 얼버무렸다.

"돈이 어디서 나서 갔냐? 아버지가 주었느냐?"

"······."

오병이는 잠자코 있었다.

"오늘 밤에도 갈 거냐?"

훈장님은 오병이가 어떻게 영화구경을 했는지 알고 계시면서도 물으신 것이다. 분명 둘러친 천막 밑바닥 아래로 무릎이 까지는 줄도 모르고 기어들어갔을 것이다.

"다른 애들도 간 모양인데 양말짝이라도 탔느냐?"

그렇게 물으시는 것은 관객을 많이 모으기 위해 영화가 끝난 후 입장권에 있는 숫자 추첨을 통해 상품을 주었기 때문이었다. 1등 재봉틀, 2등 탁상라디오, 3등 탁상시계, 4등은 양은솥이나 냄비, 5등은 양말이나 치약, 치분 또는 비누를 주는데, 셋째 날까지는 4등과 5등만 주고 비싼 재봉틀과 라디오는 맨 마지막 날 주었다. 그래서 사람들이 구름처럼 모였던 것이다.

"동원이도 갔었지? 여자 배우 얼굴이 어떻더냐?"

"예? 여자 주인공요?"

훈장님은 동원이에게 관상학적으로 물으신 것이다.

"그저께 여자 주인공은 볼록 달걀형에 코가 오똑하고, 어제 주인공은 둥근 얼굴에 눈도 크고 입술도 두껍고 벌어졌던데요. 그런데요, 훈장님. 그저께 배우는 엄청 예쁜데, 어제 배우는 떡판이었어요!"

오병이가 툭 뛰어나와 말참견을 했다.

"이 녀석아! 주책없이!"

뒷자리에 있던 달영이가 말참견하는 오병이의 뒤통수에 꿀밤을 주며 뒤로 끌어당겼다.

"그럼 그 여배우들 앞길(결혼생활)이 어떻다는 건 대충 알겠지?"

"저도 여쭈려던 참이었습니다."

"앞으로 지켜봐라. 오륜이 어지러울 정도로 붙었다 떨어지기가 수도 없을 테니……."

훈장님은 영화구경은 안 하셨지만 벽보에 나온 여자배우 얼굴을 보시고 하시는 말씀이었다.

"그런데요, 훈장님! 뉴스에 케네디 대통령 장례식이 나오던데요!"

"그러냐? 그럼 부인 '자코린'도 보이더냐?"

훈장님은 '재클린'이란 발음이 안 되어 일본 발음인 '자코린'이라고 하셨다.

"예, 봤습니다. 그런데 후딱 지나가서 자세한 얼굴을 못 봤습니다."

"그럼, 여기 신문에 난 자코린 여사 사진이 있으니 봐라."

훈장님은 벽장 속에서 신문철을 꺼내 재클린 여사가 실린 사진을 보여주셨다.

동원이가 신문에 난 재클린 여사 얼굴을 보니 사각형에 눈이 커 분명 과부, 첩상이었다.

"관상은 서양 사람이나 동양 사람이나 보

▲ 재클린 케네디 오나시스 : 각진 얼굴에 빛나는 눈이 독신이나 재가(再嫁)상이다.

는 법은 다 같다. 다만 서양인들은 우리보다 뼈대도 굵고 체격도, 얼굴도 더 클 뿐이지."

사실 동원이는 아직까지 외국 사람을 한번도 본 적이 없었다.

저녁때였다. 훈장님은 달영이를 부르시더니 7명 분의 영화구경 값을 주시며 밤길에 돌부리와 도랑 건널 때 조심하고 다녀오라고 하셨다.

그 해 여름에 손 영감과 오병이가 열흘 간격으로 강물에 빠져죽었다. 손 영감은 술에 취한 상태에서 덥다고 강가에 갔다가 물귀신, 술 귀신에 홀렸는지 강물이 술로 보이고 물속에서 누가 부른다며 빨려들어가 죽고, 오병이는 수영자랑을 한다며 강을 건너다가 심장마비로 죽었다.

훈장님은 손 영감과 오병이를 진정한 사랑으로 돌보시고 감싸셨다. 손 영감이 서당에 와서 주정을 부려도 해마다 식량을 보내주셨고, 가난한 오병이가 서당을 그만두었지만 일부러 불러다가 3년 동안 아무런 대가도 받지 않고 가르쳐 천자문과 동몽선습을 떼게 하셨다.

"네 맘도 안 됐지?"

오병이가 죽은 지 며칠이 지나자 훈장님이 동원이에게 물으셨다.

"예."

"안타깝지만 사주가 그런 걸 어떡하냐?"

"저, 오병이 얼굴은 어디가 단명상인가요?"

동원이가 훈장님의 눈치를 보며 여쭈었다.

"얼굴에 뚜렷하게 나쁜 것은 없지 않지? 책에서처럼 수명을 보는 인

중이 짧거나 코 옆으로 물에 빠져죽는 수액(水厄) 점이 있는 것도 아니고, 인중에 무늬(人中交紋)나 눈썹 사이 검은 점(眉間双黑子)이 있는 것도 아니고 말이다. 흠이 있다면 윗입술 왼쪽에 큰 상처가 있다는 것뿐이지."

오병이는 여름에 때까치 새끼를 꺼내러 나무에 올라갔다가 나뭇가지가 부러져 떨어지면서 입술을 크게 긁혀 상처가 나 있었다.

"그게 단명과 관계가 있나요?"

"입술이나 눈썹의 상처는 쓴맛과 실패를 보는 것이지, 단명과는 관계가 없다."

"그럼 죽는 운은 얼굴의 어디에서 찾나요?"

"없지! 그리고 안 맞는 사람도 얼마든지 있단다. 그래서 그럴 땐 사주로 보는데 오병이 올해 운이 아주 나쁘단다. 그 애 사주를 불러줄 테니 받아서 풀어봐라."

지금까지 몰랐는데 훈장님은 오병이 사주뿐 아니라 모든 학생들의 사주를 외우고 계셨다.

동원이는 훈장님이 주신 오병이의 사주를 풀어보고 깜짝 놀랐다.

구성(九星)과 팔문(八門)을 내놓고 보니 연월일시(年月日時)에 하나도 좋은 것이 없었다. 년주(年柱) 쌍수(水)가 왕(旺)한 데다 일주(日柱) 화(火)를 극(克)하고 악성(惡星)인 사문(死門) 절명(絶命)이 여름에 물에 빠져죽는 운이었다.

"거참!"

동원이는 입맛을 다셨다.

"그런데요, 훈장님. 전에 차사님께서 오병이더러 물 조심하라고 말씀 하신 적이 있는데요."

"그랬었나?"

"예! 미릉골을 설명하실 때 그러셨습니다."

"내가 올 초 정월달에 오병이 사주를 보니 아주 나쁘게 나왔길래 설마 젊은 애가 죽기까지 하겠나 하고 틀리길 바랐었다. 그런데 일이 이렇게 됐으니……."

"그런데요! 훈장님, 애경이 할아버지는 물속에서 돌아가셨는데요, 사람마다 죽는 장소가 얼굴과 사주에 나오나요?"

동원이는 그동안 사람들의 죽는 장소가 다른 것을 보고 궁금해서 여쭈었다.

"집에서 죽는 숫자만큼은 아니지만, 집 밖에서 죽는 사람들도 꽤나 많단다. 애 어른 할 것 없이 제 명이 길면 긴 대로, 짧으면 짧은 대로 죽는데, 이 죽는 장소가 제각각이란 말이다. 여로(旅路)에서 죽는 객사(客死), 익사(溺死), 전사(戰死), 교통사(交通死), 교살(絞殺), 조살(吊殺), 비행기나 선박사고로 죽는 사고사 외 어린아이들이 지붕이나 나무에서 떨어져 죽는 추락사 등 얼마나 많냐?"

"그것이 얼굴에 나오나요? 물에 빠져죽는 익사 점처럼요!"

"정확한 것은 없다. 혹 눈에 핏발이 선다거나, 미간에 진한 검푸름이 생긴다거나 하면 예측 못할 사고는 알 수 있다. 그러나 죽는 것까지는 모른다. 다만 기문 점법[奇門占法]에서 우리나라 팔도 어느 장소에 가서 죽는다는 건 있다만……. 그리고 제일 복 있게 죽는 것은 굶지 않고 아프지 않고 안방에서, 자식들 보는 앞에서 죽는 것이란다. 손 영감이 죽었으니 내가 손 영감 아들 얘기를 해주마."

그렇지 않아도 동원이는 손 영감 아들이 궁금하던 차였는데 얘기를 해주신다니 솔깃했다.

"조물주는 인간세계 질서를 위해 탄생하는 아이에게 두 가지 재주를 주지 않는다. 차별과 등급으로 너무 잘나지도 못나지도 않게 주시지. 그런데 가끔은 실수를 하여 등급 이상의 똑똑한 생명을 탄생시키기도 하지. 손 영감 아들이 바로 그런 아이다. 태어난 어린아이 얼굴을 보니 얼마나 잘생겼는지 부인이 아이를 업고 밖에 나가면 지나는 사람들마다 부러워하지 않는 이가 없었다. 남의 자식 칭찬에 제일 인색한 것이 사람들의 본심인데 눈길을 빼앗을 정도면 얼마나 잘생겼겠냐? 그렇다고 옛날 각 성씨들의 시조 전설처럼 앞배에 해나 달(日月) 모양의 점이나 겨드랑이에 비늘 또는 등에 북두칠성 점이 있는 것은 아니었다. 다만 머리에 밤톨만한 큰 점 하나와 이마 양편에 뿔이 나 있었다. 뿔이라고 해서 옛날 삼황오제나 소뿔처럼 난 것이 아니고 약간 불룩했다(이마에 뿔이 나면 한 나라를 다스린다고 한다). 이때 손 영감은 서울에서 잘 살고 있었는데 아이가 그러니 자기 씨가 아니라고 부인을 의심해 술을 한잔 먹고 들어오는 날이면 마누라 닦달을 칠 정도였단 말이다. 어찌됐든 아이가 커가자 고등과를 마치고 일본에 유학을 보냈다. 잘생긴 인물은 조센징으로만 보던 일본 사람들도 부러워할 정도였다. 그럴 수밖에 없는 것은 동경

▲ 염제(炎帝)의 뿔

거리에서나 대학 강의실에서나 그처럼 잘생긴 얼굴이 없기 때문이었다. 해방이 되어 유학에서 돌아온 아들은 고등고시(사법고시) 예비시험에 합격까지 했고 명문대학을 졸업한 신여성과 결혼도 하여 딸 애경이까지 낳았다. 그런데 한국전쟁이 터진 것이다. 손 영감 아들도 군에 입대했는데 그만 중공군과 전투 중에 생명을 잃고 말았다. 모택동 아들 모안영도 한국전쟁에서 죽었지. 독자 아들이 죽었다는 소식을 들은 손 영감의 슬픔은 이루 말할 수가 없었다. 군 트럭이 집 앞에 던지다시피 내려놓고 간 송장을 껴안고 얼마나 울었겠냐? 그래도 손 영감은 신식 영감이라 며느리에게 재가를 권하고 시골 이리로 내려와 살다가 죽은 것이다. 사람이나 짐승이나 자식이 죽으면 미쳐 우는 법인데 독자에 똑똑한 아들을 잃었으니 그 마음이 어떻겠냐? 그런데 내가 생각할 땐 아들은 죽은 것이 아니라 조물주가 실수로 탄생시킨 사람을 도로 데려간 것 같다 이 말이다."

"······.

훈장님과 동원이는 잠시 말이 없었다.

"그러면 애경이 할아버지 얼굴에서 자식 복이 없는 곳은 어디인가요?"

"네가 보기에 어딘 것 같냐?"

"윗입술 아닌가요? 뒤집힌 데다 잇몸에 납작할 정도로 들러붙은 것 같던데요."

"잘 봤다. 사람이 남자나 여자나 자식을 먼저 보내는 데는 여러 가지가 있다만 손 영감처럼 윗입술이 뒤집혀 잇몸에 바짝 달라붙으면 중년 손자(損子) 입술이란다. 게다가 코도 얼굴도 모두 못생겼으니 말년 운도 비참하고…….

사람은 입술이 잘 생기고 색도 좋아야 모든 복이 들어오고 말년 복도 좋단다. 그런데 손 영감은 가뜩이나 못난 입술에 중년 나이부터 주름이 더하고 색도 칙칙하더니 그만 가슴에 아들을 묻은 것이지. 몇 해 전까지만 해도 비오는 날 저물녘이면 매일 저 공동묘지에 있는 아들 무덤 앞에 가서 꺼이꺼이 울곤 했단다.

서당 분위기가 이상했다. 학생들도 모두 말이 없고 아침부터 저녁까지 손님들이 다녀갔다. 얼마 전 훈장님 자제분이 서울에서 내려왔다 가더니 훈장님께서 서울로 이사를 가신다고 했다.

훈장님은 대를 내리며 살아온 곳을 떠나신다며 무척이나 섭섭해하셨다.

2부

경험과 사례

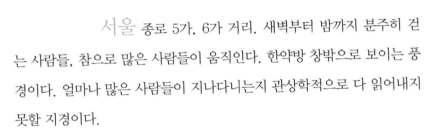

서울 종로 5가, 6가 거리. 새벽부터 밤까지 분주히 걷는 사람들, 참으로 많은 사람들이 움직인다. 한약방 창밖으로 보이는 풍경이다. 얼마나 많은 사람들이 지나다니는지 관상학적으로 다 읽어내지 못할 지경이다.

어느 날 한 손님이 왔다. 40대쯤의 남자가 약을 지으러 왔는데, 이목구비가 꽉 찬 얼굴에 눈두덩은 두꺼비 같고, 면상도 퉁퉁하고 거무튀튀하며 몸체와 목 그리고 손과 손가락도 굵직굵직한 것이 아닌 말로 꼭 도둑놈처럼 생긴 상이었다.

관상 용어로 흑피후면(黑皮厚面)이라고 하는데 젊은 여자들이 보면 저런 얼굴도 다 있나 하고 기겁할 정도의 얼굴이었다.

그는 원장님과 상담 후 약을 지어가지고 돌아갔다.

"뭐하는 사람인지 얼굴로는 알 수가 없는데요. 혹시 이상한 사람은 아닌가요?"

동원이가 원장님께 여쭈었다.

"방금 간 사람의 얼굴은 피부가 검고 두꺼운 데다(淨泛), 험상궂게 생겨 소도둑이나 남에게 해를 끼치는 얼굴로 보이지만 그와 정반대다. 돈과 재물, 명예를 비롯해 마누라, 자식 등 만복(萬福)이 붙고 자수성가, 대기만성의 오복이 꽉 찬 얼굴이란 말이다."

"이목구비 오관 중 어느 부분이 제일 잘 생겼나요?"

"네가 보기엔 어디가 잘 생겼다고 생각하느냐?"

원장님은 되물으셨다.

"글쎄요. 제가 보기엔 하도 험하게 생겨서……."

"코다! 너 전에 언젠가 차사님이 코에 대해 물으실 때 잘생긴 코는 못 봤다고 대답한 적 있지?"

"예."

"코를 배울 때 현담비(懸膽鼻)라는 것 배웠지?"

"예. 하지만 현담이라는 뜻 자체는 모릅니다."

"현(懸)의 뜻이 뭐냐?"

"매달린다는 뜻 아닌가요?"

"알면서도 모르는구나. 너 여기 있는 약재들 중에서 말린 곰쓸개인 웅담이나 산돼지 쓸개인 산저담(山猪膽), 그리고 오소리 쓸개 알지? 바로 그 중 하나다. 즉 산돼지나 집돼지나 개를 잡았을 때 쓸개를 꺼내면 속이 그냥 쓴 물주머니 아니더냐? 이것을 뒀다가 약으로 쓰기 위해 말리려고 매달면(懸膽) 그 모양이 위는 좁고 아래는 둥글지? 그 매달린 모양의 코를 현담비라고 한다."

"아! 그렇군요. 저는 지금까지 현담비, 현담비 해서 그냥 족제비의 일종인 담비의 코인 줄 알았습니다."

"큰일 날 뻔했구나. 오늘 그 사람 코가 예쁘장하니 꼭 매단 쓸개 모양 같지 않더냐?"

"이제 보니 그렇습니다."

"잘 들어라. 어떤 코는 남자에게 좋지만 여자에겐 나쁘고, 여자에겐 좋지만 남자에겐 나쁜 코가 있다. 예를 들어 대들보처럼 길게 내려온 코는 남자에겐 좋지만 여자에겐 참으로 나쁜 코다. 그런데 이 현담비 코는 남녀 모두에게 재물이 붙는 코라 결혼 적령기에 들면 그냥 업어가도 된다. 백복이 모이는 코란 뜻이지."

설명을 들으며 느낀 것은 서울은 역시 시골과 다르다는 것이었다. 시골 상갓집이나 혼례집 또는 장에서 3, 4년여를 두고 그렇게 많은 사람들의 코를 봤지만 그런 코는 구경할 수 없었는데 서울에서야 본 것이다.

"현담비 설명은 그렇다만 그와 비슷한 코가 있는데 뭔지 알겠니?"

원장님이 물으시는 것은 동원이에게는 늘 알쏭달쏭하기만 했다.

"마늘 코[蒜鼻]다."

동원이가 우물쭈물하자 원장님이 대뜸 말씀하셨다.

"아! 예! 그렇군요."

"이것도 잘 들어라. 현담비와 마늘 코는 비슷한 것 같으면서도 비슷하지 않다. 현담비는 마늘 코보다 크고 콧부리도 길다. 그런데 마늘 코는 위 콧부리가 가늘거나 없다시피 하거나 짧다. 또 깐 마늘 한 톨로 보는 것이 아니라 안 깐 통마늘 반을 쪼개놓은 것처럼 생긴 것이 마늘 코다. 그런데 마늘 코라고 해서 모두 마늘 코가 아니다. 즉 마늘통이 크면 이는 복주머니 성낭비(盛囊鼻)로 본다. 작을 때만 본다는 것이다. 마늘 코의 길흉은 얼굴이 인형처럼 작고 희면서 큰 눈이면 들창코나 버선코처럼 못 쓴다. 남녀 모두 젊어서 부모 덕에 괜찮게 지낸다 해도 성년이 되어 가정을 갖게 되면 차차 운세가 변하는데 가난에 홀아비나 과부가 되고, 만일 이런 코를 가진 사람이 물려받는 재산이 많다 해도 당대에 전부 털어먹고 말년엔 비참하게 살거나 죽는다. 또 둥글 납작하고 큰 얼굴에 마늘 코면 전에 말한 얼굴이 크고 코가 작은 면대비소(面大鼻小)라 해서 늙어서 고생하게 된다."

한약방 옆에는 약종상 건재상이 있고 30살 정도 먹은 젊은이가 일을 하고 있었다. 약재가 떨어지면 그 사람이 배달을 해주는데 원장님은 그 사람이 올 때마다 표정이 굳어지고 작은 신음소리를 내셨다.

눈치 빠른 동원이가 그 이유를 묻자 원장님은 중얼거리듯 이렇게 말씀하셨다.

"젊은 사람이 안 됐지! 처자식도 있는 모양인데……. 한 해를 넘기기 어려운 얼굴이다."

"예엣?"

"얼굴색을 못 봤니? 다시 오거든 잘 봐라."

저녁때 수금을 하러 왔을 때 동원이는 자세히 살폈다. 그런데 얼굴색이 엷은 분홍에 개기름이 낀 듯 번들번들할 뿐 자세한 것은 알 수가 없었다.

"잘 모르겠는데요. 산근에 질액문도 없고요."

"그 사람 요즘 유행하는 말로, 암(癌)병 걸렸다. 전에는 암병이란 말이 없었고, 혹이 뭉치는 병이라고 해서 혹병, 또는 적덩어리 적병(積病)이라고 했다."

"암병이라고요?"

"얼굴색이 분홍색에 모기 물린 자리처럼 좁쌀만 한 여드름[靑春痘] 같은 뾰두라지가 많지 않더냐? 언뜻 보기엔 여드름 같지만 여드름이 아니라 죽음을 예고하는 신호다. 지금은 엷은 분홍색에 뾰두라지지만 병이 깊을수록 색깔이 변하는데 푸르다가 검거나 흰색이 되면 곧 죽는다. 틀림없이 폐적(폐암)과 간적(간암)이 겹쳐 진행 중일 거다."

"적병은 꼭 뾰두라지와 얼굴색이 한 가지로만 나타나나요?"

"아니다. 뾰두라지 같은 것이 없을 수도 있고 흰색이다가 병이 진행될수록 혈색이 없어진단다."

원장님 말씀에 동원이는 몸이 굳어지는 것 같은 느낌이 들었다. 역시 시골에서는 보지 못한 얼굴인데, 이 사람은 정말로 몇 달 후 죽었다. 평소에 길 건너 암시장에서 파는 독한 가루담배를 그렇게 많이 피웠다고 한다.

한번은 40대 부부가 아이가 생기지 않는다고 약을 지으러 왔다. 병원에서는 남녀 모두 이상이 없다고 했단다. 남자는 얼굴이 길고 코가 커서 코끼리 상이었고 부인은 둥글고 후덕한 얼굴로 깨끗하며 정확히는 턱에서 목으로 이어지는 목이 두껍고 넓었다. 목도 나이에 비해 약간 굵었으며 윗입술이 살짝 들리고 주름이 없는 반들반들한 입술이었다.

원장님은 부인의 맥을 짚으시더니 고개를 가볍게 흔드시며 더 큰 병원으로 가보라고 하셨다. 원장님이 맥을 짚으신 것은 시늉일 뿐이고 문을 열고 들어올 때 여자의 얼굴을 한번 힐끗 보시고 단번에 불임환자라고 진단을 내리신 것이다. 우선 하관(턱)과 목이었다. 여자가 턱이 넓고 목이 굵거나 반대로 하관 턱이 좁으면 아이가 안 생긴다고 본다.

보통 불임인 여자의 경우 자궁이 찬 여자는 자궁을 따뜻하게 해주어 아이가 생기게 하는 약이 있지만, 지금 온 부인에겐 백약도 소용없는 관상이라는 것이다.

불임의 관상은 대부분 여자를 본다. 입술에 무늬가 없거나, 피부가 너무 곱거나(남녀공용, 희고 깨끗함), 턱이 뾰족하고 목이 가늘거나, 턱이 넓고 목이 굵으면 불임의 체질이다. 또 지나치게 마른 몸도 마찬가지다.

한약방에는 가끔 원장님과 절친한 분들이 오시기도 했다. 식객들도 있었지만 학문이 높은 지식인들도 있었다. 그들이 나누는 대화는 한방계와 역술계에서 유명한 관상쟁이와 풍수가, 그리고 주역에 대한 것이었다.

여기엔 40대의 박 씨 성을 가진 사람도 있었는데, 허우대와 입담이 좋아 관상계에 모르는 사람이 없었고 아는 체를 많이 했다.

당시 유명한 관상쟁이 이야기다.

해방이 되고 6 · 25 전쟁이 끝나자 국회는 물론 정가에 관상을 기가 막히게 잘 본다는 대산(가명)이라는 관상쟁이 소문이 자자했다.

그의 집은 인왕산 아래 효자동에 있었는데 예약한 사람만 관상을 볼 수 있을 정도로 인기가 많았다.

그에게 관상을 본 사람이면 장관이든 국회의원이든 고개를 절레절레 흔들었는데, 집안 사정은 물론 몰래 숨겨둔 첩까지 족집게처럼 집어내고 맞추기 때문이었다. 용하다는 소문은 이승만 대통령의 귀에까지 들어갔다. 그러나 이승만 대통령은 기독교인인 데다 미국에서 공부를 한 탓에 믿지 않았다.

대신 이기붕은 대산에게 찾아가서 관상을 보고 운명을 물었다. 문지방을 넘는 이기붕을 본 대산은 넙죽 엎드리며 앞으로 크게 될 관상이라고 큰 절을 했다.

후에 이기붕이 부통령에 오르자 대산의 인기는 하늘을 찌를 듯 올랐다.

그런데 한 가지 이상한 것이 있었다. 대산은 예약이 없거나 처음 오는 사람은 누구라도 관상을 봐주지 않았다.

이 대산의 뒤를 정확히 아는 사람이 있었다. 역시 관상쟁이며 친구인 박 모라는 사람이었다. 이 사람이 대산의 소문을 퍼뜨리고 다녔다.

대산은 시골의 가난한 집안에서 태어나 한학을 배우며 살다가 20살에 결혼을 했다. 그러나 해방과 6·25 전쟁을 거치는 동안 집은 불타고 먹을 것이 없어서 부인은 친정으로 보내고 자신은 멀지 않은 만석꾼 조 씨네 집 일꾼으로 들어갔다. 젊고 글씨를 잘 쓰는 데다 치부책(금전출납부) 정리도 잘해 주인으로부터 신임을 얻었다.

여기서 대산의 운이 트이기 시작했다. 주인집에는 대산보다 서너 살 위의 아들이 있었는데 정치를 한다고 서울에만 있고 집에는 노인 부부와 혼기가 찬 막내딸뿐이었다. 대산은 주인집 아들의 심부름으로 서울을 오가며 시야를 넓히는 한편, 부인이 있음에도 딸에게 눈독을 들였다. 그리고 어느 날 밤 딸을 꿰차고 야반도주를 했다.

서울에서 살림을 차린 대산은 아이를 낳았고, 주인집 아들이며 처의 오빠는 국회의원이 되었다.

머리가 빠른 대산은 명절을 이용해 부인과 함께 아이를 안고 시골 처갓집엘 갔다. 마침 처갓집에 조 의원도 와 있었다. 조 의원은 눈에 불을 켜고 대산을 내쫓았다. 머슴 놈이 귀한 여동생을 꿰차고 도망가서 아이까지 낳아 왔으니 당연한 일이었다.

그런데 이상한 것은 장인이었다. 오랫동안 여러 머슴들을 부려본 장인은 대산이 오자 야단은커녕 큰 손님으로 반겼다.

아버님의 행동에 조 의원은 아연실색했다. 그리고 전에는 일꾼으로 부려먹던 놈이었는데 처남 매부지간으로 변한 데다 직업이 관상쟁이라는 말에 더욱 놀라지 않을 수 없었다.

며칠을 지내는 동안 조 의원은 대산에게 묘안을 제시했다. 이왕 이렇게 된 것 처남의 이름이나 내서 돈이나 벌게 해주자는 생각이었다.

두 사람은 약속을 했다.

"내가 이러저러 할 테니 매부는 이렇게 저렇게 따라만 하게!"

조 의원은 동료의원들에게 유명한 관상쟁이가 있는데 귀신처럼 잘 맞춘다고 소문을 퍼뜨렸다.

자연히 동료의원들은 남의 눈을 피해 그 사람이 누구냐고 물었다. 그러면 조 의원은 물어오는 의원의 인적사항을 세세하게 적어서 대산에게 보냈다. 심부름은 대산의 친구 박 씨라는 사람이 했다.

박 씨는 조 의원이 심부름을 시키면 택시비가 아까워 걷거나 뛰어갔다. 국회는 광화문 조선일보사 옆에 있고, 대산의 집은 효자동에 있어서 걸어서도 20분이면 충분했다.

예약을 한 의원이 검은 지프를 타고 오면 대산은 관상을 보고 신상은 물론 기생 첩에서 나온 아이까지 줄줄 맞춰 혀를 내두르게 했다. 오는 의원들마다 이렇게 녹여내니 절레절레 고개를 흔들지 않을 수 없었고, 소문이 안 날 수 없었다.

그런 대산에게 큰 고민이 있었다. 그것까지는 처남 조 의원이 알려주는 대로 해서 잘 맞췄지만 앞일을 물을 땐 얼버무리고 대답을 못한다는 것이었다. 게다가 조 의원과 짜고 한다는 것이 들통 나면 그야말로 큰일이었다. 이런 것을 모르는 의원들은 과거보다 미래(당선)가 더 궁금해서 물었다. 그래서 예약을 하지 않은 사람들은 철저히 피했고, 더 이상은 안 되겠다고 생각한 대산은 남의 눈을 피해 관상을 다시 배우기 시작했다.

대산이 이렇게 굉장하다는 소문이 돌자 관상계의 고수들은 한마디로 그를 비웃었다. 관상과 풍수는 10년, 20년 시간을 두고 배우는 학문인데 나이 30도 안 된 사람이 무슨 공부와 경력이 그렇게 많아 세상을 꿰뚫어 보느냐는 말이었다.

대산이 중년 나이에 죽자 그의 이름을 도용하거나 앞뒤 글자를 바꾼 역술인들이 이상한 복장을 하고 전국에 깔리다시피 문패를 달고 영업을 했다는 이야기다(이는 지금까지도 회자되어 내려오는 이야기로, 역학계에서는 다 알고 있는 내용이다).

필자도 1967년에 박 씨를 만났었다. 그는 필자를 보더니 굵고 딱딱 부러지는 듯한 목소리로, 나이 50 전에 심장병으로 죽을 관상이라고 했다. 19살인 내가 볼 때 하도 어이가 없고 건방지게 들려서 훈장님이 계신데도 한마디 했다.

"잘못 보고 말씀하시네요. 틀렸습니다. 내 목숨은 50이 아니라 30년을 더 보태 삽니다. 그런데 선생님이 오히려 50 전에 죽을 관상입니다."

그랬더니 얼굴이 일그러지고 붉으락푸르락했다.

관상쟁이 박 씨와 어린 내가 팽팽하게 의견을 교환하자 원장님이 박 씨에게 말씀하셨다.

"얘는 정 차사와 내가 4년여를 가르친 애요! 풍수지리, 주역, 명리 등 모르는 것이 없소!"

원장님 말씀에 그는 흠칫하는 표정으로 필자를 다시 보더니 말했다.

"눈동자가 대단한 빛을 뿜는데요."

필자의 말대로 박 씨는 나이 48살에 간암으로 죽었고, 이 글을 쓰는 필자는 현재 65세이다.

당시의 역술인들은 아직 질서가 잡히지 않아 자신의 집이나 사무실 또는 숙박업소에 방을 얻어 영업을 하기도 했지만 극소수이고 거의가 길거리 장사였다. 즉 봄이면 길거리로 나와 가을까지 영업을 하다가 날씨가 추워지면 여관이나 여인숙으로 들어갔다. 능력이 있고 수완 좋은 사람들은 배꼽아래 낙태수술 흉터가 있는 다방 레지 한 명씩을 꿰차고……

1. 지인의 결혼식에 참석했는데 끝날 즈음 젊은 두 남녀가 찾아와 결혼할 사이라고 인사를 했다. 여자를 보는 순간 나도 모르게 도리질을 했다.

   "결혼? 글쎄……."

   남자의 얼굴은 넓적한 사각이고, 여자는 통통한 몸매에 귀염성 있는 얼굴인데 눈꼬리 끝이 살짝 꺾이듯 처지고 윗입술은 말리듯 올라가 있었다. 이런 얼굴은 남자는 중년 홀아비상이고 여자는 평생 남자 관계 복잡하기가 끝이 없게 된다. 즉 본서방 샛서방을 두는 십부백남(十夫百男) 얼굴인 것이다.

   얼마 후 여자가 남자의 자동차와 크레디트카드에서 있는 대로 빼가지고 갔다는 소식이 들렸다.

2. 나이 40에 자살을 한 사람이 있었다. 둥근 얼굴에 양미간이 약간 들어가고 입술은 두꺼우며 눈은 큰데 돼지 눈인 저안이었다. 속눈썹이 길어 여자들의 부러움을 샀다. 술을 먹으면 눈이 더욱 처지는데 꼭 프랑스 배우 알랭드롱의 영화 속 사형 집행 전의 눈과 비슷했다. 택시 운전, 식당 철물점 등 여러 가지를 했지만 되는 일이 없었다. 그래서 한 잔 하면 의기소침해지고 말이 없었다.

   부인의 얼굴은 작고 입술이 도톰했다. 눈도 튀어나온 쥐 눈이었다.

약간의 의부증(疑夫症)과 함께 남편 주머니를 뒤지기도 하는 등 잔소리와 쫑알거림이 심했다.

어느 날, 저녁에 전화가 왔는데 그가 음독자살을 했다는 것이다.

상안이나 저안은 사람 좋기가 한이 없다. 부모 형제지간에 의리도 좋고, 재산싸움, 부부싸움도 없을 정도이며 동료 간에 배반이나 엉큼하게 하는 일도 없다. 참으로 착한 눈이다. 단 턱이 넓거나 크면 조금 못된 짓도 한다. 그런데도 하늘은 이런 눈을 홀아비나 과부로 만드니 참으로 불합리한 일이다.

3. 어느 날, 자신이 원하는 장소로 와서 관상을 봐달라는 여자가 있었다. 장소는 호텔 커피숍이었다. 창가에 두 남녀가 앉아 있었다. 사람을 찾는 척하며 빠른 눈길로 남자를 한번 보고, 다시 자리를 잡는 척하고는 남자 옆을 지나며 남자의 눈과 입술을 슬쩍 보았다.

키와 인물, 어느 곳 하나 흠잡을 데 없고, 얼굴에 잡티 하나 없어서 신성일과 남궁원 정도의 이조백자급 무자완품(無疵完品)이었다.

하지만 필자는 여자에게 절대 안 된다고 했다. 남자의 얼굴색과 입술과 주름까지 봤는데, 약간 두껍기도 하고 아랫입술이 막눈엔 잘 모를 정도로 조금 더 나와 있었다. 게다가 속 입술이 왕지렁이 등살처럼 반들반들하고 무늬가 없었다. 한마디로 자녀 운이 없는 입술이었다(有紋有子 無紋無嗣).

그러나 그들은 필자의 말을 무시하고 결혼을 했다. 아이가 생기지 않자 병원 검사와 한약을 먹는 등 친정부모와 시부모들이 발버둥을 쳤지만 10년이 지난 지금까지도 아이가 없고, 남자는 친구들에 비해 10년은 더 늙어보일 정도로 변했다. 자식 고민하다 그렇게 된 것이 아닌가 하는데, 관상학 말고는 밝혀내지 못하는 진단이라고 할 수 있다.

4. 네 번째 재혼을 했다는 40대의 여자는 어깨도 벌어지고 골격도 단단해서 웬만한 남자는 시동도 못 거는 스타일이었다.

얼굴은 이마와 광대뼈가 흉하지 않을 만큼 약간 나왔는데 표정이 항상 어둡고 근심이 끼어 있었으며 입술은 전체가 두껍고 뒤집혀 지렁이 등살 같은데 항상 젖어 있었다. 또 눈동자가 붉고 얼굴색도 분홍색을 띠었다. 그렇다고 간병(肝病) 걸린 환자는 아니었다.

첫 남편과 딸 하나를 낳고 남자가 사고를 당해 과부가 되었는데, 그 후 이런저런 사정으로 남자를 바꾸고 바꾸다 현재 네 번째 남자와 살고 있었다. 그런데 이마저도 시원치 않았다. 정드는 남자도, 정을 주는 남자도 없었으며, 특히 밤에 자신을 만족시키는 남자가 없다고 한다.

관상학에서는 색녀(色女)를 보는 두 가지 방법이 있다.

눈동자가 붉거나 병이 없는데도 볼이 발그스름하거나 엷은 푸른색을 띠는 여자는 밤낮 없이 무서울 정도로 밝히는 여자다. 가냘픈 몸매이거나 마른 여자도 마찬가지다. 남자가 퇴근하거나 외출했다가 돌아오면 콧김부터 불어주어야 가만히 있지, 그렇지 않으면 까탈에 신경질을 부린다. 간혹 붉은 퉁방구리 눈도 그런 타입이 있지만, 조용한 타입의 여자가 더 세다고 할 수 있다.

5. 50보 이상 거리를 두고 봐야 좋은 20대 중반 아가씨의 이야기다. 얼굴과 몸매는 세계아가씨 대회에 나가도 손색이 없을 만큼 일품 미녀였다. 그런데 가까이서 이목구비 하나하나를 뜯어보면 그게 아니었다. 평평한 얼굴에 버선코, 일자로 찢어진 큰 눈에 약간 짙은 일자 눈썹, 조개입술이 제자리에 제대로 박혔는데도 그랬다.

왜 그럴까? 가정주부 얼굴이 아니고 화류계 얼굴인 것이다. 우선 수술해서 일부러 올려 만든 버선코가 문제다. 여러 가지 볼 것도 없이 버선코 하나만으로 자신 있게 감정하게 된다. 버선코는 거의 콧구멍이 드러나고 눈 아래 누당이 죽어 있다. 죽었다고 하는 것은 약하다는 뜻이다. 누차 설명했지만 남자가 버선코이면 재물이 나가고 여자가 버선코이면 남편 복도, 재물 복도 없다고 할 수 있다. 있다 해도 중년에 전부 털어먹게 된다.

그러니까 조금 떨어진 곳에서 볼 땐 예쁘던 얼굴이 가까이서 보면 버선코 하나 때문에 점수가 깎이는 것이다. 이런 얼굴을 백보(百步) 미인이라 하고, 늙은 말년엔 배정자, 조반석죽(朝飯夕粥) 관상이라고 한다.

6. "여보세요? 거기 점보는 곳인가요?"

수화기 저편으로 들리는 부인의 목소리는 나이 가늠을 할 수 없을 만큼의 강한 쇳소리였다.

'풍수지리연구원'이라고 대답할까 하다가 그냥 무슨 일이냐고 물었다.

"상담을 좀 받을까 해서요."

세 번째 목소리는 더 강한 쇳소리였다.

목소리로 보아 틀림없는 과부였다.

그날 저녁때 그분이 젊은 남녀를 데리고 왔는데 아들과 그의 여자친구라고 했다.

몇 마디 나누다 보니 가정 이야기가 나왔다.

부인은 시장에서 포목장사를 하는데 스물다섯 살에 혼자(과부)가 되었다고 한다.

타조알, 오리알, 달걀, 메추리알로 치면 달걀급 얼굴이라고 할 수 있었는데 눈이 동그랗고 코는 오뚝하며 헤어스타일도 일본 기생처럼 하고 있었다.

외모도, 피부도 스타일이 모두 좋아 총각이든, 유부남이든, 노인이든 침 안 흘리는 남자가 없었다고 한다. 그런데 목소리가 강철목소리니 젊어 청상과부가 아니 될 수 없었던 것이다. 강철목소리는 두 가지로 본다. 하나는 맑은 목소리이고, 다른 하나는 굵고 징소리 같은 목소리이다. 남자는 해당이 안 되지만 여자에겐 치명적인 목소리인 것이다.

여기서 오뚝한 콧날로 남편궁을 볼 수 있지만, 이럴 땐 코와 목소리를 보아 젊어서 서방을 잃는 청상과부로 평한다. 지금은 음성까지도 바꿀 수 있다고 하니 이런 목소리를 가진 여자는 교정을 받는 것이 좋다.

아들의 얼굴은 다행히 어머니를 닮지 않았고, 며느릿감도 과부상이 아니었다.

관상과 사주가 모두 잘 맞는다고 했더니 흡족한 얼굴로 돌아갔다.

7. 역시 전화로 들리는 목소리는 얼마나 탁한지 물먹은 목탁소리였다.

"보나마나 과부님이구먼."

나이 50대의 사치스런 복장을 하고 나온 부인은 어찌 보면 고급 술집 마담처럼 보였는데 남편이 없는 가정주부라고 했다. 그런데 굵은 주름이 있는 얼굴이 얼마나 큰지, 얼굴이 크니 눈도 코도 모두 컸다. 여기에 목소리까지 탁한 막걸리 목소리니 과부가 아닐 수 없었다. 딸도 같이 나왔는데 국화빵이었다. 나이가 젊어 시원스럽게는 보이지만, 이런 여자와 결혼하면 남자는 청춘 화장장을 비켜가지 못한다.

요즘 말로 여자의 큰 얼굴을 가리켜 바위얼굴이니 세숫대야 얼굴이니 한다. 세숫대야로 설명하자면, 세숫대야는 하나의 기물이고 세월을 탄다. 처음 새것은 광도 나고 깨끗하다. 그런데 오래 사용하면 낡고 찌그러진다. 마찬가지로 처녀 때는 꽃이 피고 화색이 돌아 괜찮은 얼굴로 보지만, 결혼을 하면 조물주가 복을 빼앗아간다. 남자 복이 없고 짧은 시간 꽃을 피우니, 처녀 귀신만 면할 정도이다.

참고로 이런 얼굴은 남자나 여자나 얼굴이 둥글고 거의가 안으로 들어간 저면(底面)형이 많다. 또 관상학에서 둥근 얼굴은 장남이 많고 긴 얼굴은 독자가 많다고 하는데 조금은 다르다. 이에 대해 필자는 맞지도 틀리지도 않는 반반으로 본다. 세상에는 얼굴이 둥근 삼형제가 얼마든지 있고, 긴 얼굴의 삼사형제도 얼마든지 있으니 말이다.

8. 신랑 될 사람의 직업은 '있는 죄 없게, 없는 죄 있게, 큰 죄 작게, 작은 죄 크게' 하는 직업이라고 했다. 커피숍에 가서 실내를 돌며 남자의 얼굴을 훔쳐봤다. 가느다란 양 눈썹 끝과 눈꼬리 아래 자그만 주름이 있었다.

필자는 신부 측에 절대 못 쓰는 얼굴이라고 알려주지는 않았지만, 어느 정도 강조를 해주었다.

눈꼬리 끝 약간 위나 아래의 작고 굽은 주름(속칭 구더기주름)은 잔소리 주름이다. 이런 주름의 소유자는 안팎으로 잔소리가 보통이 아니다. 음식이 싱겁다, 짜다는 잔소리는 보통이고 잠자리에서 마누라 무유미(無有味)까지 트집을 잡으며 속을 뒤집어놓는 얼굴이다.

얼굴에 약간의 살이 있고 눈꼬리 끝이 꺾이듯 하면 무슨 직업이든 독신상이고, 어느 여자와 결혼을 하든 끝까지 살 수도 없지만 결혼을 하면 여자는 평생 위장병과 두통을 각오해야 한다(남녀 공동).

자세한 설명을 해주자 신부 측 사람들은 직업이고 뭐고 필요 없다며 뒤도 안돌아보고 휙 나가버렸다.

9. 신랑의 직업은 죽을 사람을 제하곤 무슨 병이든 다 고친다는 사람
이라고 했다. 역시 여자 측의 부탁을 받고 만날 장소에 미리 나가서
도둑 관상을 보니 의사 상(相)이 아니었다. 새하얀 얼굴은 하관(턱)이
뾰족한 데다 뒤로 빠지고 콧날도 죽어 재물 복도 자식 복도 없는 상
이었다. 제비턱이면 오히려 좋은데 그렇지도 않았다.

"저 사람 의사가 아니고 사기꾼에 좀도둑이고, 의처증이 심해 여자
속을 북북 긁을 얼굴입니다."

가끔 얼굴이 희고 피부가 얇으며 초승달 눈에 콧날이 굽은 사람을
볼 수 있는데, 초승달 눈이라 웃지 않아도 웃는 얼굴처럼 보이며 말
또한 달변이다. 이것을 잘못 보고 귀공자로 보는 관상쟁이들도 있
다. 젊어서도 꽁생원이고, 늙으면 좁쌀영감으로 여자들이 제일 조심
해야 할 얼굴이다. 신부 측에 모든 설명을 해주자 안심들을 하고 돌
아갔다.

10. 중매쟁이는 집안, 재산, 인물 등의 장점만 소개한다.

신랑 측의 부탁으로 여자를 보러 갔다. 키도 후리후리하고 몸매는
요즘 말로 에스 라인이었다. 먼발치서 보니 읽을 수 없어서 가까이
가서 보니 맏며느릿감 얼굴은 아니고 그렇다고 가정주부감도 아니
었다.

"저 여자 안 됩니다. 손에 물 묻히고, 아이 기저귀 갈 여자도 아니
고, 고집도 세고 허세가 많아 밖으로만 나돌아다닐 여잡니다."

"어디를 봐서?"

"얼굴 한두 군데가 아닙니다. 부엉이 눈과 황새 목에 눈썹이 검고 눈꼬리가 올라가서 중국 고전 영화배우나 경극배우 얼굴인데, 이런 여자는 가정과 남편을 지킬 여자가 아닙니다. 아이를 낳았으니 위 자료 달라고 하기 전에 잘 생각하라고 하니, "아이는 낳지 않았는데요." 했다. 그래서 나는 "내 눈엔 분명 애를 낳은 것으로 보입니다." 라고 응수했다.

여자가 아이를 낳거나 임신중절 수술을 하면 가슴이 커지면서 얼굴에 화색이 돌거나 기미가 낀다.

결론은 얼굴과 몸매의 전체적인 생김새가 고고비한(孤苦悲寒)이라 많은 남자에게 상처를 주며 살다가 말년엔 서리 맞은 메뚜기 팔자가 되는 것이다.

11. 한번은 키도 크고 남자답게 생긴 신랑감이라고 해서 나갔다. 그런데 젊은 사람이 얼굴과 눈 주위에 잔주름이 있고 거무튀튀하고 지저분했다. 지저분하다는 것은 세수를 안 해서가 아니라 나이가 젊은데도 칙칙한 것을 말한다.

3, 40대 젊은 사람이 이런 얼굴과 눈이면 무슨 일을 하든 망하는 속도가 고속도로다. 혹시 얼굴판과 코가 잘 생겨 뒷받침을 해도 나이 50 전에 난치병에 걸리거나 불구가 되어 부인이 벌어야 하든지 가정이 파괴된다. 이것은 틀림없는 사실이다.

12. 대학 졸업생인 여자는 부잣집 딸이었다. 딸이 부모님께 남자친구를 데려오자 아버지는 돌아앉고 어머니의 입은 한 자나 나왔다는 것이다. 딸의 남자 보는 눈높이에 굉장히 실망한 것이다.

하지만 필자는 오랜만에 귀한 얼굴을 봤다. 남자의 머리칼은 길고 헝클어졌으며 너절한 복장이었고, 너덜너덜한 구두는 노숙자나 신는 구두임에 틀림없었다.

놓치지 말고 얼른 채서 사위 삼으라고 했더니 어머니는 안심을 하는데, 아버지는 눈을 내리깔고 돌부처처럼 돌아앉았다.

"예를 들어 아버지 재산이 10억이라면, 이 사람은 그 10배인 100억으로 불릴 얼굴입니다. 따님도 끝까지 위하고요."

두 번이나 설명을 해도 아버지 눈은 여전히 가자미눈이었다.

지금 얼굴로 보지 말고 이발하고 구두 신은 얼굴과 몸으로 보라고 했다. 남자의 둥그스름한 얼굴과 오똑한 코, 그리고 턱 중에서 제일 귀하게 본다는 제비턱 연함(鷰頷)이었다.

셋째 딸은 볼 것도 없이 데려가야 한다는 말처럼, 관상에서 남자의 이런 제비턱도 볼 것도 없이 결혼을 해야 한다. 남자들의 경우만 그렇다는 것이다.

지금 이 남자는 그 부잣집 딸과 결혼해 건축 공학박사 학위도 받고 아이 둘에 최고 사위노릇을 하고 있다. 필자가 놓칠 뻔한 대어를 낚게 해준 것이다.

한승헌 변호사와 화진화장품 강현송 회장이 이 제비턱이다.

– 두껍고 뒤집힌 입술

1. "읔! 또 임신인가?"

골목길에서 지나치는 새댁이 유치원 가방을 멘 딸의 손을 잡고 가는데 배가 불룩했다. 벌써 세 번째 임신이었다. 시장에서 의류 장사를 하는데 필자는 그녀를 처녀 때부터 유심히 보아왔다. 여자의 몸치고는 다부진 체구에 귀염성이 있는 얼굴이지만 입술과 얼굴이 두껍기 때문이었다.

소규모 의류제품 사업을 하는 남편과는 사장과 판매직원으로 만나 팔짱을 끼고 다니더니 결혼을 해 세 번째 임신을 한 것이다.

속으로 아들을 바란 것 같았지만 나는 '또 딸이다!'라고 단정했다. 그리고 얼마 후. 큰딸은 초등학교에 다니고 있었고 시어머니 되는 할머니가 유치원 문 앞에서 둘째와 셋째 손녀들을 기다리고 있었다.

의류 전시장으로 사용하던 공장건물에 식당 간판이 달렸기에 부동산에 물어보니 사업이 안 돼서 문을 닫은 것이 아니라 남자가 여직원과 딴 살림을 차렸다고 했다. 원인은 여자의 입술이었다.

2. 필자는 젊을 때 한 친구의 결혼식장에서 신부의 가족과 친구들이 신부에게 욕을 하는 광경을 보았다. 하필 왜 저런 남자와 결혼을 하느냐는 것이었다. 반대로 신랑의 가족과 친구들은 하늘에서 내려온 선

녀를 얻었다고 부러워했다.

그러니까 신랑은 〈금병매〉에 나오는 반금련의 남편인 '무대'의 얼굴처럼 검고, 작고 긴 목형에다 튀어나온 이마와 약간 뻐드렁니로 참으로 못생긴 얼굴이었다.

반대로 신부의 얼굴과 몸매는 '서문경'이 보면 그냥 두지 않을 정도로 대단한 미인으로 예쁜 봉황 눈에 눈꼬리가 약간 올라갔고, 귀가 유독 컸으며 뽀얀 목덜미는 더욱 눈부셨다. 이런 미인과 살면 한 달을 굶어도 배고픈 줄 모를 것 같았다.

이 부부가 결혼해 외출을 하면 남자는 보는 이들의 질투와 부러움을 샀고, 부인은 콩깍지가 씌웠다고 손가락질을 받았다.

그런데 딸만 내리 낳더니 좀스런 남편은 다음에도 아들을 못 낳으면 이혼하겠으니 그것에 이유를 달지 말라는 각서까지 받아냈다. 몸만 빌렸을 뿐, 하늘이 하는 일인데 말이다.

친구에게 딸만 낳고 이혼을 할 관상이라는 얘기를 해주려다가 그만두길 몇 번, 세월이 흐른 지금, 친구는 딸 셋을 낳더니 그 미인 마누라와 헤어지고 다른 여자를 얻었는데 사윗감이 다섯으로 늘었다.

관상학적으로 남자가 얼굴이 작고 길며[木形] 사이가 벌어진 뻐드렁니면 홀아비상이거나 두세 번 결혼을 한다.

3. 과부이며 심통이 대단한 시어머니가 있었다. 젊어서 남편이 월북을 했다고도 하고 죽었다고도 하는데 확실한 것은 혼자만의 비밀이니

알 수 없다. 체격은 건장하고 뚱뚱한 편이고 얼굴도 크고 넓은 편이며 저안에다 누당이 죽어 남편 복이 없는 얼굴이었다.

아들과 며느리는 장사를 하는데 돈이 많아 큰 집에서 살며 부부 사이에 딸만 둘이라고 했다.

시어머니와 며느리 사이가 좋지 않았는데, 시어머니는 손자를 바랐고 며느리는 애 낳기도 힘들고 돈도 벌어야 하기 때문에 더 이상 낳지 않겠다고 했다. 스트레스가 쌓인 며느리는 가끔 시어머니에게 자식들이 벌어다주는 돈으로 편하게 살면 됐지 무슨 아들이냐고 대들기도 했다. 시어머니는 그래도 아들만 낳아주면 좋겠는데 며느리는 언제나 마이동풍이었다. 그런데 경천동지할 일이 생겼다. 며느리의 배가 불러지기 시작한 것이다. 시어머니의 얼굴에 봄 나비가 날고 손발이 춤을 췄다. 절에도 다니고 장독대에 정한수도 떠놓고 온갖 정성으로 빌었다. 며느리가 좋아하는 반찬도 더 만들고 말이다.

그런데 남편 입술이 타이거우즈의 입술만큼 두껍고 뒤집혔으며 부인은 귀엽게 각이 진 얼굴이었다.

산달이 가까워지면서 필자는 단정했다. 할머니가 기절을 하든지 집을 나갈 것이라고…….

며느리가 병원에 간 다음날, 대문은 굳게 잠겼다. 시어머니는 눈물과 땅이 꺼지는 한숨으로 옷가지를 챙겨 시골로 내려갔다.

이렇게 뒤집히고 두꺼운 입술은 앞에서 여러 번 언급했으므로 여기서의 설명은 생략하겠다.

– 얼굴 주름

지방에서 산소 감정 부탁을 받고 내려가 보니 60대의 의뢰인이 불독 같은 얼굴에 주름이 가득했다. 불독이라고 표현한 것은 주름이 그만큼 많다는 의미다. 그런데 주름이 성인군자처럼 인자스럽게 둥글둥글하지 않고, 끊어질 듯하면서 특히 이마의 주름과 코 옆에서 입가로 고랑처럼 이어져 있었다.

인사를 나눈 후 산으로 가는 차 안에서 이런저런 대화를 나누다가 의뢰인의 나이를 알고 또 한 번 놀랐다. 60대로 봤는데 40대라는 것이다.

의뢰인들은 대부분 집안이나 개인이나 무슨 일이 터지고 난 후에야 주변을 돌아보게 된다.

이 사람도 얼굴을 보고 큰일을 겪었을 거라고 직감했다. 스스로 실토하듯 나온 이야기는 보증을 잘못 서서 많은 재산을 잃고 3년간 수감생활을 했다는 것이다.

옛 속담에 5살 미만의 어린아이가 얼굴에 주름이 많으면 단명한다 하고, 20세에 주름이 많으면 30 전에 죽고, 3, 40에 주름이 많으면 되는 일이 없는 제사불성(諸事不成) 주름이고, 50 이후에 생기는 주름이라야 탈이 없다고 했다. 위치와 생김새에 따라 다르지만 50 이후에 생기는 주름도 관재의 주름으로 본다.

– 뜬 얼굴

1. 40대의 한 남자는 급히 걷거나 뛰면 얼굴에 붙은 살이 많이 흔들렸다. 남들이 볼 때 복부(福富)스럽다고 하기도 했다.

필자에게 찾아와 사업을 한다고 사주를 봐달라기에 얼굴만 보고 고개를 흔들었다. 그 이유는 두 가지였다. 하나는 부인과 이혼을 하게 되고, 다른 하나는 사업을 하면 망하기 때문이었다.

그는 지금까지 마누라와는 아무 탈 없이 잘 살아왔고, 통장에 현찰 몇십 억이 있는데 왜 망하느냐며 비웃었다. 돈이 있는 사람들은 대부분 그런 말들을 한다. 절대 안 망한다고!

엉터리 관상쟁이들은 40대 이후 볼살이 찌면 대부분 식복이라고 하거나 장수할 상이라고 말한다. 그런데 아니다. 식복과 장수는 근육과 신경이 뭉쳐 입가 옆으로 밤톨 만하게 생긴 것을 말하고 퉁퉁한 것은 뜬 얼굴이라고도 하며, 그 크기와 부위에 따라 운명이 달라진다. 이혼 아니면 파산지상(破産之相)인데, 두 가지가 겹칠 때도 있다.

정 그렇다면 아이들을 위해 부인 앞으로 한몫 떼어놓고 사업을 하라고 했더니 이렇게 말했다.

"아이쿠! 말도 안 되는 소리! 내가 왜 망해! 내가 망한다니! 세상 어느 점쟁이한테 가서 물어봐도 이런 소린 듣지 않았는데 내가 망한다니! 말 같지도 않은 소릴……."

그는 그렇게 투덜거리며 기분 나쁜 표정으로 돌아갔다. 그리고 건설

사업을 시작했다는 말이 들렸다.

이후 풀기 어려운 복잡한 문제들과 계속되는 술자리, 그리고 여자관계로 이혼을 했다는 소식이 들렸다. 결국 건강도 좋지 않고, 집까지 경매로 넘어가 다섯 식구가 뿔뿔이 흩어졌다고 했다.

잊고 지내던 어느 날, 휴대폰으로 문자가 왔다. '○○님이 오늘 아침 하늘나라로 가셨습니다.'라고……

2. 2남 1녀를 둔 40대의 부동산 업자는 돈도 많이 벌어놓았고, 아이들도 일찌감치 낳아 부러울 것이 없었다. 특별히 하는 일이 없으니 고급 차를 굴리며 골프장이나 다니고 그것도 없는 날엔 바둑판이나 들고 왔다 갔다 했다.

얼굴의 생김은 둥글고 깨끗하며 악의라곤 한군데도 없고 체격도 좋았다. 다만 나이가 들면서 얼굴에 볼살이 붙기 시작했다. 돈을 벌고 나이가 들면 대부분 얼굴이 변하지만 이 사람은 더 했다.

부인은 밖으로 나다니는 것을 좋아하고 남편과 가끔 다투더니 어느 날 대학에 다니는 자녀들 앞에서 이혼장에 도장을 찍었다.

느닷없는 소식에 동창을 비롯해서 친목회 주변 사람들도 깜짝 놀랐다. 이렇게 관상은 어쩔 수 없다. 남자가 50이 지나면서 볼살이 너덜거릴 정도로 늘거나 불으면 90% 이혼을 한다. 그런데 사람들은 이런 걸 모르고 산다. 모르는 게 약이랄까?

(볼살이 늘어지는 것은 남자와 여자를 보는 관점이 다르다. 즉 남자는 거의 이혼이나

눈 생김새에 따라 병이 붙기도 하고 사업이 망하기도 한다. 그리고 여자는 심술과 사나움이 붙는다. 여기에 눈이 찌그러진 삼각형이거나 늑대 눈 또는 우락부락한 눈이면 자녀와 며느리들을 죽이는 상이다. 대개 악질 시어머니에게 이런 얼굴이 많은데 재미있는 것은 체격이 좋아 병도 안 걸리고, 똥도 혼자 보긴 아까울 정도로 무척 굵다.)

3. 필자에겐 가끔 이상한 사람들도 찾아온다. 다단계 회사에 들어오면 자리를 하나 줄 테니 같이 일하자는 사람도 있고, 종교시설에 와서 택일과 운명감정만 봐달라는 사람들도 있다.

   또 선금으로 현금 3천만 원과 사장 자리를 줄 테니 같이 일하자는 사람도 있다. 유령회사를 차려놓고 부정수표, 딱지어음, 딱지수표를 남발하는 사람들이다.

   이런 사람들은 얼굴이 희멀겋고 대머리도 근사하며 잘생긴 사람도 있다. 그런데 좀 더 자세히 들여다보면 얼굴이 떴거나 눈과 눈꼬리가 여덟팔자로 생긴 사람들이 많다.

   하루는 40대의 젊은 사람 둘이 와서 선산을 구하려고 하니 좋은 산이 있으면 보여달라고 했다.

   한 사람은 큰 키에 일자로 생긴 짙은 눈썹에 눈과 눈자위가 거무튀튀하고 코와 입이 크며 턱이 앞으로 나와 있었다.

   그리고 한 사람은 유선형의 뜬 얼굴에 살결이 흰데, 말할 때마다 굽실대고 너스레를 얼마나 떠는지 두꺼운 얼굴 살이 귀밑에서 턱으로 주름을 만들어 밀리며 떨렸다.

속으로 사기꾼이라고 단정하고 말을 들어주었다. 산 감정을 나가든 보여주든 출장비가 있다고 하니 "당연히 드려야죠." 했다.

이틀 동안 여러 산을 다니며 보여주었다. 말하는 언변과 행동은 수준급의 매너를 보였다. 하도 싹싹하고 좋아서 내가 사람을 잘못 봤나 하는 의심이 들 정도였다.

자기 친척이 장관을 지낸 사람인데 지금 미국에 가 있고, 서울 근교에 부친 명의의 천억 대 땅을 가지고 있으며, 큰 형수는 어느 법조인의 딸이고 자신의 부인은 원래 연예인이었다고 했다.

사람은 도둑, 살인자라도 자신에게 하는 행동에 따라 달라 보이게 마련이다.

헤어질 때 좋은 산이나 땅이 있으면 바로 연락을 달라고 하면서 그들은 돌아갔다.

그런데 알려준 휴대폰 번호로 전화를 하니 받지 않고, 며칠 후에 다시 전화를 하니 번호가 바뀌었다는 것이다.

그런 어느 날 그가 다시 와서 하는 말이 형제들이 재산 상속을 곧 받게 되므로 자신이 주선해서 먼저 본 산 중에 제일 비싼 10억대 산을 사서 조상 묘를 모두 이장하겠다고 했다. 그리고 일이 끝나면 산에 다니기 편하도록 비싼 외제 지프도 사주고, 또 회사를 차리면 기사와 차가 딸린 중역자리를 한자리를 주겠다고 했다. 그 외 무슨 법인카드와 매달 생활비를 대줄 테니 계좌번호도 알려달라고 했다.

그래서 당신 집 구경이나 하고 싶다고 하니 정릉 어느 비탈길 주위

골목길을 빙빙 돌며 자기 집은 저 큰 기와집이고, 그 일대 몇천 평의 땅도 자기 것이며 고급 주택을 지을 계획이라고 했다.

사기꾼이 틀림없어 바빠서 이만 돌아가야 한다고 하자, 그는 일하는 아주머니에게 저녁식사 준비를 시켰는데 그냥 가느냐며 또 너스레를 떨었다. 그 흔들리는 볼살과 턱살은 지금도 눈에 선하다.

며칠 후 다시 와서 하는 말이 재산 상속에 상속세가 너무 많이 나와서 회사 설립이 늦어진다며 우선 필요한 서류에 도장이나 찍어달라고 했다.

딱지어음, 딱지수표 전문범으로, 영창을 살고 나와서도 한탕하려고 찾아온 것이다.

– 약간 갸름한 얼굴에 삼각형 입술

나이 50쯤 되어 보이는 남자가 찾아왔다. 공무원 생활을 하다가 자원 퇴직하고 다른 일을 해야 하는데 무슨 일이 적합할지 자문을 받으러 온 것이다.

인물은 별로지만 입술은 약간 도톰한 삼각형 활궁 입술에다 인중이 깊고 뚜렷해서 말을 할 때 풍수 형국 귀사(貴砂)인 마상귀인(馬上貴人)이나 낙타봉으로 변했다.

관상에서 이런 입술이면 남들이 성공했다고 할 만큼 돈을 많이 번 다. 재운의 입술이긴 하지만 아들이 없는 입술이다. 물었더니 역시 딸 만 둘이라고 했다.

▲ 마상귀인 입술 : 흔히 낙타봉 입술이라고도 하는 복 있는 입술이다.

벌어진 입술도, 뒤집힌 입술도, 두꺼운 입술도 아닌데 딸만 둘인 것이다. 삼각형 입술은 대부분 약간 두껍다. 이런 사람의 성격은 하늘의 별을 셀 만큼 꼼꼼하다. 또 소금과 간수 중에 어느 것이 더 짜냐고 싸울 정도로 따지고 짠돌이, 구두쇠가 많다.

하고 싶은 일과 취미가 무엇이냐고 물으니 취미는 없고, 조용히 앉아서 하는 일이면 좋겠다고 했다.

복권방과 담배가게를 하라고 했더니 무릎을 탁치며 고맙다고 했다.

우스운 것은 나갈 때 사례는 물론 커피 값도 내지 않으려고 우물쭈물했다. 역시 구두쇠 그대로인 것이다.

- 대머리

몇 해 전에 왔던 50대의 남자가 다시 찾아왔다. 시원하게 대머리가 벗겨져서 늙과부(50대 과부)들이 홀딱 반할 대머리였다.

부모 재산을 팔아서 부동산에 투자했다가 실패해 금융 사고를 내고 2년을 살고 나와 바로 찾아왔는데 선생님의 말씀이 맞았다며 다른 사업을 하려는데 봐달라고 했다. 망하기 전에 와서 물었을 때 절대 하지 말라고 말렸더니 비웃으며 간 기억이 났다.

오목형 얼굴에 콧날도 빈약하거니와 법령은 나이 45선에 끊기듯 죽어 있었다. 한마디로 이목구비 생김이 복이란 건 하나도 없고 거추장스런 부착물일 뿐이었다.

구치소에 또 가고 싶으면 사업을 하라고 했다. 이마에 끊어질 듯 미세한 석 삼자 가로 주름은 그동안 많이 굵어져 있었는데, 눈꼬리에서 귀 앞까지 늘어진 주름이 이별수와 관재수를 못 피하기 때문이었다. 관상에서 말하는 사기성이 있는 얼굴로 그간 이혼도 해서 마누라도 없다고 했다.

– 보석 눈

중소기업 사장의 아들은 나이가 서른이었다. 둥그스름한 얼굴에 넓은 이마와 보석을 박아놓은 것처럼 흑백이 분명한 눈이 참 예뻤다. 그런데 약간 튀어나와 있었다.

부모가 돈이 많으니 여자들이 줄을 섰다고 했다.

필자는 그를 처음 보고 여자들을 울리는 바람둥이라고 직감했다. 사실 이 남자는 벌써 세 번째 결혼을 하려고 마음먹고 있었다. 이미 나이 22살 때 딸 하나를 낳고, 26살에 또 딸 하나를 낳고 헤어진 경험이 있었다.

남자나 여자나 눈이 보석처럼 깨끗하면 상당한 미남, 미녀에 속한다. 그러나 함정이다. 단 눈이 봉황 눈처럼 길면서 보석 같으면(박근혜 눈) 관운, 재운이 더할 나위 없이 좋지만 눈이 크면서 튀어나오면 얘기가 달라진다. 결혼, 이혼으로 경력을 쌓다가 종내는 혼자 살 비참한 눈이다.

– 짧은 목

풍수 상담을 하겠다는 남자가 찾아왔다. 뚱뚱한 몸은 족히 200근은 넘어 보이고 큰 얼굴에 눈썹은 이재오 눈썹과 닮았으며 개기름이 흐르면서 유들유들하게 웃는데 무슨 일을 하는 사람인지 가늠이 안 되었다. 다시 말해 머리와 얼굴은 크고 턱은 짧고 빠르며, 목이 없어 호랑이 머리에 붕어목인 호두어경(虎頭魚頸)과 항아리 목인 호두부경(虎頭缶頸), 둘 중 하나였다. 레슬링 선수나 씨름 선수처럼 뒷목에서 그냥 척추로 이어졌는데 푸석살이 아니고 굵은 동아 밧줄처럼 단단했다.

여자가 항아리 목이거나 물고기 목이면 무조건 과부상이지만 남자가 체격이 좋고 이런 얼굴과 목이면 대귀(大貴), 대부(大富)의 상이다.

스스로 그는 100억의 자산가이며 인천 개발지역에 있는 조상 묘를 옮기려고 찾아온 것이다.

− 금형(金形)의 각진 얼굴

필자 나이 50살 때의 이야기로, 잘 아는 한 사장이 과년한 딸을 둬 걱정이 태산이었다. 죽기 전에 시집을 보내야겠는데 선보는 남자마다 싫다는 것이었다.

사주를 불러주기에 풀어보니 아무 이상이 없었다. 분명히 얼굴에 문제가 있겠다 싶어 딸이 가게에 나오면 전화를 달라고 했더니 어느 날 연락이 왔다.

여자답게 꾸미고 나왔는데 얼굴을 보는 순간 '저런 얼굴이니 시집을 못 갔지!' 하고 속으로 웃었다. 얼굴은 깨끗한 피부에 약간 돌출형이며 하관이 뒤로 빠진 금형 사각이었다. 금형 사각이란 네모를 말한다. 앞에서도 몇 번 언급했지만 여자의 얼굴 바탕이 지독한 금목수화토 오형이면 독신이나 과부상이라고 했다.

이런 얼굴과 결혼하면 5년을 못 넘기고 남자가 죽어 여자는 과부가 된다. 그리고 눈과 코의 생김에 따라 늦어도 40 전까지는 틀림없는 과부가 된다. 한마디로 부모를 원망할 만큼의 비운의 얼굴인 것이다.

남자는 금형 얼굴이라도 돌출형이면 여자와 다르다.

– 빗자루 눈썹

1. 의정부 쪽에서 중소기업을 하는 성 사장이라는 분이 공장 터를 봐달
   라며 전화가 왔다. 공장에 가보니 얼굴이 검은 동남아 남자직원들이
   작업을 하고 있었다.

   성 사장을 처음 봤을 때 나는 그가 '이런 회사를 운영하거나 살아 있
   을 사람이 아닌데……' 하고 생각했다.

   그 이유는 얼굴 생김이 약간 긴 편에 살은 없고 눈과 코는 볼록하고
   큰 편이었으며 눈썹이 낡은 방 빗자루 같았기 때문이었다. 남자나 여
   자나 눈썹이 방 빗자루처럼 아래로 쏠리면 중년에 이혼을 하거나 망
   하는 고독(孤獨) 천박상이기 때문이다.

   여기서 잠시 고독을 말하자면, 고(孤)는 태어나서 부모가 죽거나 이혼
   으로 홀로 키워진 것을 말하고, 독(獨)은 늙어서 자식이 없이 쓸쓸하
   게 사는 것을 말한다. 그런데 우리는 가을바람만 불어도 고독이라는
   말을 흔하게 사용한다.

   빗자루 눈썹이 '고'와 '독'에 해당된다는 뜻이다.

   반대로 얼굴이 길더라도 살결이 깨끗하고 오관이 좋고 눈썹이 위로
   향하거나 옆으로 나면 살아가는 데 지장은 없다.

   우선 차가 드나드는 정문과 공장 터를 보고 사무실로 들어가 둘이 앉
   아 양택상 맞지 않는다고 설명을 해드렸다. 그리고 말미에 부인이 있

느냐고 물으니 어물거리다가 20대 중반에 결혼을 했는데 부인이 딸 하나를 낳고 바람이 나서 나갔다고 원망조로 말했다.

그 후 서울에 오면 들러서 점심이나 커피를 사곤 했는데 한동안 소식이 없어 전화를 거니 다른 사람이 받는데 공장을 팔고 다른 곳으로 갔다는 것이다.

사람의 운명이 참으로 가혹하다고 생각한 것은 추운 겨울 아침에 기차를 타려고 서울역 지하도를 가는데 노숙자들 틈에 분명 어디서 본 듯한 얼굴이 보였다. 바람을 가린 골판지 사이로 꾀죄죄하고 핼쑥한 얼굴을 빠끔히 내민 사람이 있었는데, 바로 성 사장이었다.

▲ 천박상

2. 김 모 사장은 전국을 돌며 축산물 중개를 한다. 긴 얼굴에 역시 빗자루 눈썹이며 눈이 붉어 언뜻 보면 간염환자처럼 보였다. 코가 길기는 하지만 산근이 좁고 준두(코끝)는 뾰족했다.

여색을 얼마나 밝히는지 직업 핑계로 항상 외박을 하다가(赤眼好色) 부인에게 들통이 나 초등학생 딸을 두고 이혼을 했다.

자유의 몸이 된 그의 활동은 더욱 넓어졌다. 만나는 여자들이 그만큼 많아졌다는 것이다. 한 여자를 만나서 1, 2년, 또 다른 여자를 만나서 1, 2년, 이렇게 10여 년 동안 살다 헤어진 여자가 부지기수였다. 많은 여자들과 상대하려고 남자의 상징물도 수술로 키웠다.

해마다 정월이 되면 운세를 봐달라고 오는데 어느 해인가 영 좋지가 않았다. 운세뿐만 아니라 전부터 얼굴을 보고 주의하라고 일러줬다. 하지만 듣지 않았다.

남자는 여자가 떨어지면 돈 떨어진 것을 알 수 있고, 돈 떨어지면 여자도 떨어지는 법이다.

몇십 억 운영비에 직원을 네 명씩이나 두었던 그가 어느 날 필자 사무실 근처에 와서 전화를 해서 나가 보니 얼굴에 혈색이 하나도 없는 폐인의 몰골이었다.

얼굴색은 죽은 잿빛이고 콧부리 산근 부위는 반이나 삭아 없어진 것처럼 좁았다.

관상을 볼 때 재물과 건강은 코와 얼굴색과 얼굴 피부의 두께를 본다. 물론 손등과 손가락을 보기도 한다.

돌아간 후, 속으로 남자의 그곳을 키우지 말고 차라리 콧날을 세웠으면 오늘 같은 날은 없을 것이라는 생각이 들었다.

언젠가 점심 때 세운상가 옆 골목길을 가는데 봉두난발을 하고 구부정한 걸인이 시커먼 손으로 상인들이 먹고 밖으로 내놓은 음식 쟁반에서 숟가락질을 하기에 자세히 보니 그였다.

원인은 과한 여색과 술로 몸을 망친 것이 아니라, 좁은 콧부리 산근과 송곳 같은 코끝이었다. 관상학에서 코끝이 아래로 숙이고 송곳처럼 뾰족하면(尖或利) 걸인의 상이거나 말년에 외롭게 죽는 고독사(孤獨死)를 한다고 되어 있다.

사람의 운명! 한때 잘 먹고 잘 놀아 후회는 없겠지만, 그렇게 잘 나가던 사람이 서리 맞은 매미가 땅바닥에 뒹굴듯 비참하게 사그라지다니……

3. 봄이 되어 지인 네 명이 북한산으로 등산을 갔다. 필자는 여간해선 사람들과 모여 등산을 가거나 놀이를 가지 않는 성격이다. 돌발 상황이 발생해 좋은 풍경이나 산 사진을 찍을 땐 동료들과 떨어져 걸어야 한다. 술, 담배 등이 싫기 때문이다.

그런데 이날은 조금은 뜻이 맞는 사람들이라 같이 모여 풍수 이야기를 하며 올라가는 중이었다.

정릉 골짜기를 올라가는데 마침 앞의 넓은 쉼터에 젊은 부인들 셋이 앉아 쉬고 있기에 힐끗 보니 모두 과부 얼굴들이었다.

같이 간 일행 중 엉큼한(?) 한 사람이 필자에게 물었다.

"저 여자들 관상 좀 봐라. 과부들인지 아닌지……."

"두 사람은 있는 과부이고 한 사람은 없는 과붑니다!"

여기서 '있다' '없다'는 재산을 말한다.

"와아, 김 선생은 참 좋겠네!"

"왜요?"

"아, 이런 데 와서 여자들 얼굴 한번 보고 과분지 아닌지 알아맞히니 얼마나 좋겠소!"

"좋은 게 아니라 귀찮습니다."

"제기랄! 나도 일찌감치 관상이나 배워둘 걸 그랬소. 이런 데 와서 써먹게. 과부들이라 일찍 산엘 왔구먼. 그런데 수작 좀 부려도 될까?"

"재클린 케네디 오나시스를 낚는 수법이든, 조선시대 한밤중에 업어가는 수법이든 수단껏 작업을 해보시죠. 쉽게 될 겁니다."

"그럼 남자도 세 사람이 필요한데……."

일행들이 재미있다는 표정으로 빙글빙글 웃는 중에 그 사람은 배짱좋게 부인들에게 다가가 초행길인 것처럼 능청을 떨며 길을 묻고 말을 걸었다.

그러자 한 여자가 스틱으로 위를 가리키며 이렇게 저렇게 올라가면 북한산 능선이 나온다고 알려주었다. 말려드는 순간이었다.

그렇게 해서 7명이 된 남녀들은 앞서거니 뒤서거니 하며 어디서들 오셨느냐는 등 이야기를 나누었다. 그렇게 해서 보국문까지 올라갔고

누가 먼저랄 것도 없이 도시락들을 풀어놓고 함께 먹었다.

그렇게 하루를 즐겁게 보내며 왔는데, 재미있는 것은 남녀 한 쌍이 두 달 만에 결혼까지 했다는 것이고, 두 여자는 밝히기 곤란할 정도까지 갔다는 것이다.

여기서 잠시 과부상의 얼굴을 설명하자면, 한 여자는 둥근 얼굴에 크지 않을 정도의 광대뼈와 큰 입이었고, 다른 여자는 여배우 최○○과 비슷한 귀염성 있는 얼굴에 약간의 광대뼈가 있었다. 그리고 지인과 결혼을 한 여자는 흉하지 않을 정도의 주먹 광대뼈와 약간 굵은 목, 그리고 역삼각형의 수형(水形) 얼굴이었다.

어느 블로그를 보니 마누라가 바람나서 도망갔다고 무척이나 원망을 하는 사람이 있었다. 운영자의 사진을 보니 다이아몬드 삼각형 얼굴에 삼각형 눈이었다. 그리고 코가 길쭉하고 살이 없었으며, 양 볼도 홀쭉해 광대뼈가 더욱 돋보였으며 윤기가 없고 앞으로 나온 입술이었다.

'그 사람이 자신의 관상을 알았더라면 도망간 부인은 원망하지 않았을 텐데……'

필자는 안타까운 마음에 저절로 중얼거려졌다.

또 이런 사람이 있었다. 보통 체격의 중견 공무원인데 둥근 얼굴은 익어가다 만 오이처럼 가운데가 약간 들어간 저면(低面)형에, 살결은 두툼하고 깨끗했다.

그런데 낮은 코에 눈꼬리가 심하게 위로 치솟아 있었다. 코와 눈꼬리가 그러니 얼굴이 좀 특이하게 보였다.

어린 딸 하나를 두고 있었는데 퇴근하고 보니 딸을 남겨둔 채 처가 가출을 했다고 한다.

여기서의 문제는 눈꼬리다. 남자나 여자나 그렇지만 남자 코가 죽고 눈꼬리가 위로 올라가면 결혼을 못하거나 해도 처복이 없다. 위의 예처럼 부인이 가출(도망)을 하는 얼굴인 것이다.

필자에게 하소연을 했을 때 얼굴에 그렇게 나와 있으니 운명으로 알고 혼자 살라고 했다. 다른 여자를 얻어봤자 같은 상황이 되기 때문이다.

4. 멀지도 가깝지도 않게 알고 지내는 부부가 있었다. 필자는 항상 이 부부들의 삶을 주의 깊게 지켜보고 있었는데, 남자는 체격이 건장하고 얼굴은 큰 조각품처럼 살이 없고 눈은 튀어나온 황소 눈에 입은 약간 두툼한 메기입이었다.

얼굴과 체격으로 봐선 성격이 험할 것 같지만 절대 그렇지 않았다. 술 친구들, 밥 친구들 모임이나 무슨 일에 돈 쓸 일이 있으면 먼저 나가서 내고, 경조사에도 내 일처럼 뛰어다니는 등 성격이 원만했다. 또 남매를 둔 가장으로 집안에서도 항상 모범이었다.

부인은 남자에 비해 몸매가 가냘플 정도로 여리고, 여자 흰 고무신처럼 안으로 약간 죽은 얼굴이었는데, 마음씨는 남자와 같았다.

필자가 주의 깊게 살핀다는 것은 이 부부가 짝을 맞춰 탈 없이 살 사람들이 아니라는 것이었다. 남자는 남자대로, 여자는 여자대로 독신 상이기 때문이었다.

아니나 다를까. 어느 날인가 버스를 타려고 기다리는데 택시에서 소복 차림의 여인이 아이들과 함께 내리기에 무심코 보니 낯익은 얼굴이었다.

불길한 생각에 뛰어가서 물어보니 남편이 교통사고를 당해 화장을 하고 절에 가서 삼우제를 지내고 오는 길이라는 것이다. 허탈한 마음은 이루 말할 것도 없었다. 이렇게 황소 눈은 비명횡사의 눈이란 걸 다시 한 번 깨달았다.

5. 앞 대머리가 쥐털 뜯어먹은 것처럼 생긴 젊은 사람이 사주를 보러 왔다. 직감적으로 좋지 않은 곳에 다녀왔을 거라 생각하고 조용히 묻자 1년 간 구치소 생활을 했으며 앞날이 궁금해서 왔다고 했다.

그냥 두면 죽을 때까지 두 번은 더 갈 관상이라고 하자 얼굴색이 새파랗게 변하며 땅이 꺼지듯 한숨을 쉬었다.

이럴 때 대부분의 사람들은, "왜 그러냐? 어디가 나빠서 그러냐? 어느 부위가 나쁘냐?"고 꼬치꼬치 캐묻는다. 관상 지식을 조금 알면 설명을 하겠는데 전혀 문외한에겐 참으로 난감하다.

크지 않은 눈인데 눈매가 사납고 정중앙에 있어야 할 눈동자가 약간 위로 향하고 있었으며, 눈 주위도 거무튀튀했다. 눈동자가 이런 사람은 도전력이 강하고 남에게 지기 싫어하는 성격이다. 또 눈썹도 성글고 짧았는데, 이마와 코는 잘생긴 편이었다.

대머리에 머리카락 이식도 하고, 눈썹도 심고, 오른쪽 눈썹 끝 부분에 있는 흉터도 없애라고 일러줬다.

앞에서 여러 차례 설명했듯이 머리통이 작은 젊은 사람이 일찍 대머리가 되면 관재(官災)의 대머리이고, 눈두덩이 낮고 눈썹 숱이 성글거나 적으면 이 또한 관재의 눈썹이며, 눈썹 끝이나 눈가, 입가에 있는 흉터는 모두 관재의 흉터이다.

다시 말해 이런 관상은 흥망과 기복이 많은 삶을 산다.

6. 모녀가 찾아왔다. 딸의 얼굴에서 나쁜 곳이 있으면 수술을 시킬까 해서 왔다고 했다. 큰 키에다 긴 머리에 희고 둥글며 엷은 얼굴인데, 콧날이 죽어 있고 일자 눈인 눈꼬리가 째지듯 위로 치솟아 있었다.

그 얼굴 그대로 결혼을 한다면 성질이 사나워 남편과 싸움깨나 할 것이고, 눈꼬리가 십중팔구 과부상이었다.

눈을 약간 둥글게 하고 콧날을 넓게 세우며, 양악수술을 해주라고 했다. 1년이 지나서 왔는데 몰라볼 만큼 미인으로 변해 있었다.

사람들은 얼굴 성형을 하면 원래 팔자가 바뀌느냐고 묻는다. 대답 이전에 말하고 싶은 것은 악한 얼굴을 선하게 만들면 우선 사람들이 보는 눈이 어떻겠나 하는 것이다. 단적인 예로, 취업을 하거나 선을 보더라도 잘생긴 얼굴 뽑지, 못생긴 얼굴을 선정하지 않는다는 것이다.

예전엔 못생긴 얼굴이 예뻐지라고 화장품이 나왔다면, 지금은 그것을 성형수술로 대신하는 시대다. 필자의 경험상 성형수술한 여자들 모두 결혼해서 아무 탈 없이 잘 살고 있다고 생각한다.

7. 외환위기 전 얼굴이 흑색에 가까운 노인이 찾아왔다. 죽어서 들어갈 신후지지를 찾는다며 왔는데 재산 자랑을 했다. 현금도 많고 큰 회사 주식도 많이 갖고 있다고 했다. 얼굴 생김과 색을 보니 값나가는 얼굴이 아닌, 1억짜리쯤 되는 얼굴에 4, 5등급이나 될까말까 한 얼굴이었다. 생각대로 외환위기 때 증권이 반 토막이 아닌 10분의 1로 떨어져 망하기 일보직전이었다.

칙칙하고 지저분한 얼굴색, 찌그러진 입술과 오른쪽의 작은 흉터가 그렇게 만들었고, 거무스름한 눈 색깔도 일조를 했다.

참고로 얼굴색이 좋아야 재물이 들어오고, 나쁘면 안 들어오며 있는 재산도 나간다.

- 대들보 코

여자 코가 대들보 코[大樑]이면 좋지 않다고 앞에서 썼다. 80년대 불광동에 살던 부인인데 40대 초반으로 아들 둘, 딸 둘의 4남매를 키우고 있었다. 그런데 남편을 교통사고로 잃어 혼자가 됐다.

여기서 말하는 것은 남편 얘기가 아니라, 가족들의 얼굴 생김새이다.

부인의 얼굴은 요즘 말로 햇볕을 못 봐 그렇지 대단한 미인이었다. 특히 눈과 콧날이 6, 70년대 대인기를 누렸던 영화배우 문희의 얼굴 그대로였다.

이상한 것은 부인의 친정어머니 얼굴도 똑같아 모전여전(母傳女傳)이었다. 친정어머니 역시 젊어서 혼자가 됐다고 했다.

엄마와 두 딸이 외출을 하면 지나가는 사람들 누구든 그냥 스치는 사람이 없었다고 했다. 짧은 커트머리에 크고 강한 눈빛과 오똑한 콧날, 갸름한 얼굴이 사람들의 시선을 사로잡은 것이다.

필자는 그 부인과 자녀들을 지켜보며 지내왔는데 딸 둘이 모두 결혼을 했다가 독신이 됐다. 이혼이 아니라 엄마처럼 남편들을 잃은 것이다.

아들들은 엄마 코를 닮았지만 이마와 턱이 좋아 미남형이며 결혼에 실패하지 않고 잘 살고 있다.

대들보 코는 남자든 여자든 명예와 재물을 쥔다. 그러나 여자에게는 명예와 재물일 뿐 남편 복이 없는 독신의 코다. 이를 미접비량(眉接鼻樑), 절통(節筒) 또는 절통비(絶筒鼻)라 한다.

얼마 전에 모 방송에서 종갓집 방송을 하는데 나이 많은 종부의 얼굴과 코가 길었다. 속으로 분명 중년 독신으로 살았을 거라고 단정을 하며 계속 방송을 보는데 역시 내 예견대로 나이 50에 과부가 되어 자녀들을 홀로 키웠다고 말했다.

✷ 경험과 사례 ④

– 명폐일이 같은 모녀

모녀가 딸의 궁합 겸 사주를 보러 왔다. 그런데 어머니의 얼굴은 밉지 않을 정도로 긴 편이었고, 눈동자가 약간 붉은색이었다. 한마디로 과부상인 것이다.

내색을 하지 않고 딸의 사주를 보면서 어머니의 사주도 물었다. 딸의 사주가 천 명에 하나도 있기 힘든 이상한(?) 사주였기 때문이었다.

불러주는 생년월일시를 적으며 속으로 적잖이 놀랐다. 한 사람도 어려운 사주인데, 모녀가 같았기 때문이었다. 바로 명폐일이었다. 이 명폐일이라는 사주가 여자에게 있으면 우리나라 집의 구조상 여러 식구가 함께 살지 못한다.

옛날 이름 있는 가문에서 혼담이 오가고 중매쟁이가 신부 될 여자의 사주를 신랑 집으로 가지고 갔을 때 남편, 재물, 자녀 운이 아무리 좋아도 명폐일이 있으면 장상(將相)의 딸이라도 사주를 돌려보냈다. 집안 망신시키는 사주라는 것이다.

그럼 명폐일이란 무엇인가?

묘를 이장하려면 택일을 할 때 길일(吉日)인 명폐일을 잡아서 쓰는데 여기에 윤달과 같이 겹쳐 쓰면 송장을 거꾸로 처박아 묻어도 탈이 없다고 한다. 그만큼 좋다는 것이다.

명폐일은 갑신 을유(甲申 乙酉), 병신 정유(丙申 丁酉), 경신 신유(庚申 辛

酉) 임신 계유(壬申 癸酉), 병오(丙午), 기유(己酉), 임인(壬寅)이다.

우리나라와 일본, 중국이 같이 사용하는데, 중국에만 경오(庚午), 경인(庚寅) 임오(壬午) 3일이 더 많다.

보는 방법은 태어난 연월일시(年月日時)에 위 글자(날짜) 셋 이상이 들어가면 명폐일에 해당된다. 즉 갑신년 계유월 갑신일이나 경신년 신유월 을유일 또는 을유시 등이다.

이렇게 좋은 명폐일을 여자가 사주로 타고 나면 큰 일 날 사주다.

여자가 남편과 잠자리 중 자신도 모르게 원숭이, 닭, 말, 호랑이 우는 소리를 합해서 내는 교성(嬌聲)을 지르는데, 그 소리가 얼마나 큰지 집안이 쩌렁쩌렁하게 울리고 도시에선 이웃집에 들릴 정도로 크다. 또 내는 소리도 신음소리, 우는 소리, 두드려 맞는 소리, 켁켁 숨넘어가는 소리 등 여러 가지다. 이 소리가 바로 명폐성(鳴吠聲)인 것이다.

그런데 이 소리를 내는 당사자는 전혀 모른다고 한다. 이를 가는 것, 코를 고는 것, 잠꼬대를 하는 것처럼 무의식중에 나오기 때문이란다.

필자는 10여 명 정도의 명폐일 사주를 본 적이 있다. 유도질문을 해서 과연 그런 교성을 내는지 물었더니 9명 정도는 얼굴을 붉히며 그렇다고 했다.

그들은 관상학적으로 보면 목형의 긴 얼굴이 가장 많고, 다음이 삼각형이며, 눈자위와 눈 주위가 주홍색이었다.

단, 교성을 내는 여자는 잠자리가 강하거나 밝히는 것과는 다르다.

– 날 오징어 얼굴

　바다에서 갓 잡아올린 물오징어나 산 오징어를 비유로 할 수 있다. 배를 가르기 전 오징어를 매달고 위아래 머리와 꼬리를 떼어낸 몸통처럼 생긴 긴 얼굴의 사람이 있다. 그러니까 머리와 이마가 약간 좁고 아래는 넓은 것이다. 한마디로 사람 잡는 얼굴이다. 희든 검든 조심해야 한다. 만약 매부리코에 이런 얼굴이면 도둑질로 먹고 살거나 남을 괴롭혀 먹고 사는 얼굴이다. 화경 눈에 버금가는 얼굴인 것이다. 어느 분야 무슨 직업이든 흑심이 가득한 얼굴이라고 할 수 있다.

3부
잘난 얼굴, 못난 얼굴

■ 신세계를 창조하는 제왕의 얼굴들

▶ **박정희** : 옛말에 얼굴이 잘생긴 지도자는 나라와 백성을 지키고 못
생긴 지도자는 백성들을 굶긴다는 말이 있다. 박 대통령 관상은 오
관이 꽉 들어찬 제왕의 얼굴이다. 미릉골, 입, 입술이 그렇다.

▶ **정주영** : 긴 얼굴과 턱은 한마디로 하늘과 땅을 뒤흔들며 호령하는
오룡(五龍)의 상이다.

▶ **이병철** : 역시 오관이 꽉 들어찬 제왕의 상이다.

▶ **구인회** : 두툼한 코와 오관이 꽉 찬 제왕의 얼굴이다.

▲ 박정희

▲ 정주영

▲ 이병철

▲ 구인회

▲ 신격호

▲ 조중훈

▲ 이건희

▲ 정몽구

▶ **신격호** : 세기의 지도자상이며 장수상이다.

▶ **조중훈** : 오복이 꽉 찬 제왕의 상이다.

▶ **이건희** : 매사에 신중을 기하는 용왕의 상이며, 대부의 상이다.

▶ **정몽구** : 넓고 크고 후덕한 얼굴에 두꺼운 살결과 넓은 이마, 미릉골 그리고 법령이 제왕의 상이다.

위 얼굴들은 모두 나라의 위기를 구하고 부를 창조하여 백성들을 먹여 살리고 국위를 선양한 청황적흑백 오룡의 얼굴들이다.

■ 천하를 덮는 눈썹

▲ 후진타오

▶ **후진타오**(중국 국가주석) : 다른 설명이 필요 없을 정도로 미목수려(眉目秀麗) 귀공자의 잘생긴 얼굴이다. 필자는 풍수 책을 쓰면서 이런 인물을 내는 후진타오의 5대조까지 묘를 살폈다. 그 중 제일 명당은 조부의 고향인 적계(績溪)에 있었는데 용들이 서식하는 자리였다.

▼ 용수산 산세 : 묘 뒤의 주산 산세

▲ 후진타오의 증조부 묘

▶ **나카소네**(전 일본 수상) : 금형(金形)에 가까운 얼굴이며 후진타오의 눈썹과 같이 천하를 덮는 눈썹이다. 이마, 눈썹, 눈, 코, 법령, 인중, 입이 잘생겼다.

▲ 나카소네

▲ 눈썹이 서로 비슷한 나카소네와 후진타오 : 두 사람 모두 이념은 다르지만 각각의 나라를 반석 위에 올린 지도자들이다.

▶ 이민우(전 국회의원, 신민당 총재) : 금형의
대표적인 얼굴이며 지도자상이다.

▶ 성김 : 주한미대사로 내정된 인물이다.
잘생긴 얼굴에 눈썹이 일품이다.

▲ 이민우

▲ 성김

■ 미릉골이 발달한 사람들

▶ **정의선**(현대차 부회장) : 미릉골이 좋다. 넓은 이마에 크고 길고 두껍고 잘생긴 미릉골, 그리고 중심 잡힌 코가 일품이다. 얼굴 피부도 깨끗하고 두꺼워 전형적인 기업인의 관상이다.

▶ **김태호**(전 경남지사, 현 국회의원) : 금토형(金土形)의 얼굴은 설명이 필요 없는 대기만성의 얼굴이다.

▲ 정의선

▲ 김태호

▶ **오바마** : 미릉골과 눈썹이 일품이다. 넓은 이마와 눈을 덮는 미릉골을 따라 가지런히 따라간 긴 눈썹이 일품이다. 그리고 곧은 콧날과 긴 얼굴이면서도 드물게 양옆으로 이어지는 법령, 인중, 큰 입은 매우 귀한 것들이며, 당나귀 귀와 비슷한 큰 귀는 여러 사람의 의견을 청취하고 존중하는 귀다.

▶ **등소평** : 큰 토형(土形) 얼굴에 미릉골은 좋으나 눈썹이 희미해 자녀복이 없다. 이런 얼굴을 태양의 얼굴이라 한다.

▲ 등소평

▲ 오바마

▲ 이광료(신)

▲ 이광료(구)

▶ **이광료**(싱가포르 전 수상) : 미릉골 중 가장 대표적이라 할 수 있다. 싱가폴은 이 미릉골을 둔 지도자 이광료로 인해 아시아의 네 마리 용 중 우리나라와 함께 가장 발전했다. 나는 갈매기 모양의 눈썹과 크고 잘생긴 귀도 일품이다.

▶ **강석주**(북한 내각 부총리) : 힘이 넘치는 얼굴에 여덟팔자 미릉골과 짧은 눈썹이 좋다.

▶ **강석주와 리커창** : 강석주의 다른 얼굴과 중국 차기 총리후보 리커창. 이들의 얼굴 바탕, 미릉골, 코는 후진타오와 같이 부드럽다.

▲ 강석주

▲ 강석주와 리커창

▲ 클린턴

▲ 포드

▶ **클린턴** : 전체적인 얼굴판과 미릉골이 좋다. 클린턴 얼굴에서 특이한 것
은 본문에서 설명한 잘생긴 현담비 코다. 현담비 코로 인해 젊은 나이에
세계를 다스리는 지도자가 되었다.

▶ **포드** : 단단한 바위처럼 생긴 뼈대가 굵은 얼굴과 미릉골, 그리고 균
형잡인 이목구비는 역시 세계 지도자상이다.

▶ **이명박** : 미릉골과 이마가 잘생겼다. 이마 양쪽에 일품인 뿔이 있어
서 좋다(有角).

▶ **잉럭 친나왓**(태국 총리) : 잘생긴 얼굴과 가지런한 치아. 이런 치아는
극품이다. 또한 이런 얼굴은 천의 얼굴이라 한다. 즉 정치인, 가정
주부, 기업의 리더 등 아무 자리에서나 어울리는 얼굴이다.

▲ 이명박

▲ 잉럭 친나왓

▲ 박찬숙

▲ 푸틴

▶ **박찬숙**(전 국회의원) : 잉럭 친나왓 총리와 같은 예로, 방송인과 국회의
　원을 역임했으며 귀상(貴相)이다.

▶ **푸틴** : 미릉골과 눈이 잘생겼고, 이마에 뿔이 있어서 지도자상이다.

▲ 김우중

▲ 박정희

▶ 김우중 : 이마의 주름이 좋다. 하지만 얼굴에 어지럽고 많은 주름살
이 여러 가지 재앙을 불렀다.

▶ 박정희 : 눈꼬리에서 여러 가닥으로 갈라지는 주름살이 화를 불렀다.

▲ 아사하라 쇼코

▲ 김관진

▶ **아사하라 쇼코**(옴진리교 교주) : 못생긴 얼굴이다. 이마에 큰 주름과 입
  가에 보이지 않는 주름으로 타인에게 많은 피해를 주고 자신도 사형
  을 당했다.

▶ **김관진**(현 국방부장관) : 잘생긴 미릉골과 상대방을 위협하는 눈, 그리
  고 긴 코가 일품이다.

▲ 박주영

▲ 이승훈

▶ 박주영 : 미릉골과 마상귀인
  (馬上貴人) 인중을 지녔다.

▶ 이승훈 : 잘생긴 얼굴에 눈썹
  과 미릉골, 코가 좋다.

▶ 정병국(현 국회의원) : 잘생긴
  미릉골과 함께 강한 얼굴이다.

▲ 정병국

▲ 홍정욱   ▲ 마허링

▶ **홍정욱**(현 국회의원) : 잘생긴 얼굴 바탕에 오관과 미릉골이 좋다.

▶ **마허링**(대만 마잉주 총통의 부친) : 얼굴판과
  이목구비가 후덕하면서도 강하다.

▶ **율 브린너** : 잘생기고 강한 대머리이다.
  영화배우가 아닌 일반인이 이런 미릉골
  이면 살인자(정치가, 일반인 포함)로 평생을
  감옥에서 보내야 하는 관상이다.

▲ 율 브린너

■ 악어 입과 악어 턱의 소유자

▶ **안토니오 이노키**(전 프로레슬링 선수) : 매우 귀한 악어 입과 턱을 가졌다.

▲ 안토니오 이노키

▶ **빈 라덴** : 위가 넓고 아래가
좁은 화형(火形)의 긴 얼굴,
미릉골을 따라 끝까지 난 긴
눈썹과 쌍꺼풀진 화경 눈,
그리고 코와 코 양옆으로 법
령을 따라 생긴 주름 등 이
런 얼굴을 통틀어 살인의 관
상이라 한다.

▲ 빈 라덴

▶ **무아마르 카다피** : 살기 띠
고 독기어린 눈을 보라! 얼
굴 생김도 그렇지만 눈과
코가 타인과 타협을 모르는
독선의 눈과 코이며, 눈 아
래 코 양옆으로 난 두 줄기
선도 살인의 주름이다. 콧
날 덕에 후세인처럼 오랫동
안 독재를 해 비운의 인생
으로 끝났다.

▲ 무아마르 카다피

▶ **사담 후세인** : 짙고 긴 눈썹과
화경에 가까운 눈은 권좌에
앉으면 사람이 사람으로 보
이지 않는 눈이다. 얼굴 중심
에 자리 잡은 코는 어느 한쪽
으로도 기운 곳이 없이 잘생
겼다. 그러나 불을 뿜는 듯한
눈이 비참한 운명으로 생을
마감하게 했다.

▲ 사담 후세인

▲ 사담 후세인

▶ **찰스와 다이애나 비** : 1981년, 세기의 결혼식이라고 떠들었던 이들의 결혼식 장면을 보고 필자는 머리를 흔들었다. 찰스의 긴 얼굴과 다이애나의 각진 얼굴과 큰 돼지 눈이 문제였는데, 찰스는 독신상이고 다이애나는 과부와 비명횡사상이었다. 또한 다이애나의 눈은 처량한 눈이다. 찰스의 긴 얼굴 목형(木形)과 다이애나의 둥근 얼굴 토형(土形)은 木克土 상극이라 이별의 관상이다.

▲ 찰스와 다이애나 비

▶ **곽대명** : 대만의 갑부 기업인으로, 긴 얼굴에 대들보 코와 크고 두꺼운 입술은 힘과 재물이 넘쳐흐르는 관상이다. 입술이 두꺼워 중년에 상처를 했으며 젊은 댄스교사와 재혼했다. 사회사업에 많은 돈을 기부했고 특히 부인이 암으로 죽어 암 발전기금에도 많은 투자를 했다. 눈을 보면 상하로 쌍꺼풀이 졌는데 이런 관상은 욕심이 없는 얼굴이기도 하다.

▲ 곽대명

■ 장수 얼굴의 주인공들

▶ **문선명**(세계평화통일가정연합 총재) : 설명이 필요 없는 얼굴로, 무에서 유
를 창조하는 얼굴이다. 이런 얼굴은 백 만 명 중에 한 명 나올까 말까
한 얼굴이다.

▲ 문선명

▶ **김중수**(한국은행 총재) : 나라가 흥하려면 지도
자 관상이 좋고, 망하려면 못생기거나 자질
이 부족한 지도자가 나온다. 김 총재의 관
상은 금융계에 걸맞은 전형적인 얼굴이다.

▲ 김중수

머리숱에서부터 이마와 눈썹, 양 미간에서부터 내려간 콧날 그리고
입과 턱 등 얼굴 위에서부터 아래까지 결함이 하나도 없는 얼굴이다.

▶ **이혁재**(방송인) : 단단하게 균형 잡힌 얼굴에 제자리에 꽉 들어찬 이목
구비, 특히 눈썹과 눈, 활궁 입술이 일품이며 굵은 목은 무병장수를
예고한다. 부연 설명을 하자면 방
송인이 아니고 군이나 경찰이라
면 최고자리도 바라볼 수 있는 관
상(눈썹과 눈)이다.

▲ 이혁재

■ 간문 주름을 가진 얼굴

▶ **다카하시 다이스케**(일본 스케이터) : 눈꼬리에서 옆얼굴을 지나 입가로
길게 이어지는 공작꼬리 주름이 있다. 이런 주름이 20대나 30대에
생기면 그 나이 대에 이혼이나 사고로 독신이 된다. 입이 커서 좋기
는 하나 주름은 수술로 없애는 것이 좋다.

여기서 주름 보는 데 주의할 점은 눈꼬리 주름이 있다 해도 사진처
럼 한군데로 쏠리지 않고 상하로 퍼지면 상황은 달라진다. 잘생긴
얼굴이면 명예가 따른다.

▲ 다카하시 다이스케

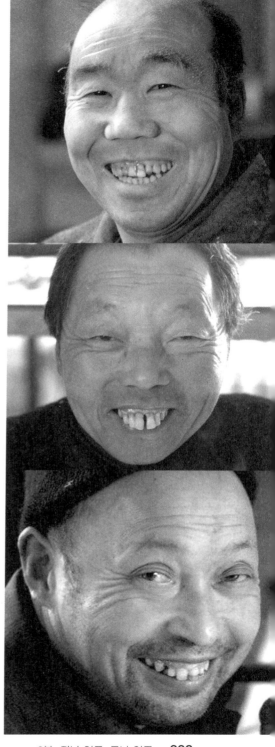

■ 천박상은 누구인가?

천박상은 여러 가지가 있어서 잘생긴 듯하면서도 바닥인생을 사는 사람들이 있다. 사진에서 보듯 얼굴 바탕과 이마 주름, 입가 양쪽의 세로 주름 그리고 벌어지고 고르지 않은 이가 문제인데, 남녀 공히 앞니 사이가 벌어지면 사고사를 당하거나 재물이 나간다. 경우에 따라선 배우자 선택도 어렵다. 결혼이 어렵다는 말이다.

■ 호사다마의 얼굴들

▶ **마이클 잭슨** : 음악으로 명성은 떨쳤지만 들창 뾰족코로 인해 비운의 생으로 마감했다.

▶ **엘비스 프레슬리** : 역시 음악으로 명성은 떨쳤지만 단명했다. 처진 눈과 짧고 뒤집힌 입술이 원인이다.

▲ 엘비스 프레슬리

▲ 마이클 잭슨

▶ 스티브 잡스 : 콧등이 일품이다. IT업계에 많은 공적을 남겼지만 균형이 맞지 않은 얼굴로 아까운 세상을 떠났다.

▶ 타이거 우즈 : 크고 두껍고 벌어진 입술이다. 골프로 인해 많은 재물과 이름은 냈지만 문란한 생활과 염문으로 인해 가정은 파괴되었다. 관상학적으로 눈과 입술이 문제이며 말년도 좋지 않은 관상이다.

▲ 스티브 잡스

▲ 타이거 우즈

▲ 넬슨 만델라(신)

▲ 넬슨 만델라(구)

▶ **넬슨 만델라** : 주름이 많은 두껍고 활궁이 있는 얼굴이다. 세상 사람
들이 다 알듯이 평생을 감옥에서 지내다시피 했다. 나중에 명예는
회복되었지만 이혼과 재혼을 했다.

▶ **서기**(대만 여배우) : 아래위로
벌어진 입술의 하나로 이런
입술은 결혼도 어렵고, 결혼
을 하더라도 딸만 낳고 이혼
을 하고 화류계로 빠지며 평
생 많은 남자를 섭렵하게 된다.

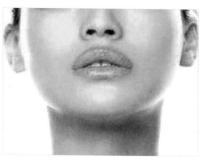

▲ 서기

■ 여러 형태의 입술들

▶ **오프라 윈프리** : 얼굴 바탕과 이마
에서 눈썹, 눈, 코, 이는 잘 생겼지
만 벌어진 입술이 흠이다. 많은 남
성을 편력하는 입술이다.

▲ 오프라 윈프리

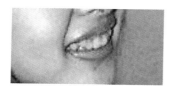

▲ 발라당 뒤집힌 입술

 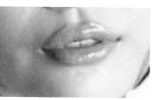

▲ 상하로 뒤집힌 입술

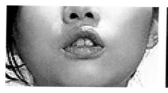 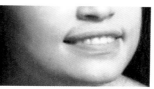

▲ 쥐입술　　　　　▲ 넓은 얼굴과 큰 입

▲ 건강하고 잘생긴 입술   ▲ 이런 입술은 모두 이혼을 하거나 결혼을 못하는 독신의 입술이다.

필자는 관상을 배우며 오랫동안 많은 정치인, 기업인, 연예인 등 많은 사람들의 얼굴을 살폈다. 왜 그들의 사업 운과 결혼 운이 나빴는지 독자들의 궁금증 해소를 위해 적어본다.

우선 2002년 대선 때 노무현 후보와 부인 권양숙 여사가 처음 텔레비전에 비쳤을 때 노무현 얼굴 주름과 권 여사 얼굴과 목을 보고 섬뜩했다. 노 후보는 이마에 와룡(臥龍)주름과 대들보 모양의 코가 있어서 좋기는 하지만 턱 주름과 합치면 극귀대흉(極貴大凶)의 관상이고, 권 여사는 사각 얼굴에 목이 짧은 각면단항(各面短項.頸)이기 때문이었다. 뿐만이 아니다. 노무현의 형 건평 씨 얼굴의 주름을 보고도 놀랐고, 태광그룹 박연차 얼굴의 주름도 관상학적으로 관재수가 연속되는 주름이었다.

J씨와 K씨가 결혼을 한다고 할 때 필자는 절대 오래 못 살고 이혼한다고 했다. 우선 J씨의 얼굴을 보면 눈이 크면서 빛이 나고 입술도 약간 뒤집혔으며 K씨도 큰 눈에 같은 입술이었다. 이런 얼굴의 소유자는 결혼을 하면 앞의 설명에서처럼 끝까지 함께 살지 못한다.

또 야구인 J씨와 C씨가 결혼을 한다고 방송과 신문마다 대서특필했을 때 필자는 혀를 끌끌 차며 홈페이지에 올리고 지인들에게 절대 안 되는 결혼이라고 말했다. 왜냐하면 관상학적으로 궁합이 전혀 맞지 않고 결혼을 하면 이혼하고 한 사람이 꼭 죽기 때문이었다. 우선 J씨의 관상은 여러모로 잘 생겼지만 턱과 입이 초혼 실패의 입이고 C씨는 얼굴 전체, 특히 눈이 남편 복이 없으며 단명상이다.

또 한 예로, 어느 날 필자의 사무실에서 지인들과 텔레비전을 보며 저녁을 먹는데 J씨와 A씨가 결혼을 한다고 떠들썩했다. 필자는 이때까지도 J씨와 A씨를 잘 몰랐다.

텔레비전에 비치는 J씨 얼굴을 보고 섬뜩해 절대 안 되는 얼굴이라고 말했더니 한 사람이 저 여자가 말도 잘하고 인기도 좋은데 왜 안 되느냐고 반문했다.

말할 것도 없어 그냥 시간이 지나면 알 것이라고 두고 보라고만 했다. 1년도 안 돼 결혼 때보다 더 떠들어대는 일이 발생했다.

A씨는 골이 파인 얼굴이고 J씨는 계란형에 눈꼬리가 약간 처지고 입(입술)이 뾰족했다. 변호사 H씨, 영화배우 K씨, O씨 등과 비슷한 얼굴이다.

또 다른 예로, 매스컴에서 Y씨와 K씨가 결혼을 할 거라고 굉장히 떠들어댔다. 한술 더 떠 어느 관상쟁이는 천생연분이라고 신문에 글을 썼다. 필자는 비웃었다. 한마디로, 두 사람 모두 결혼이 어려운 관상인 것이다. 우선 Y씨 관상에서 입을 보면 입이 크고 뻐드렁니이다. K씨는 눈에서 빛이 나고 역시 뒤집힌 입술이다. 본문에서 여러 번 강조했듯이 이런 입과 입술은 전혀 결혼이 안 되며, 한다 해도 백 일을 넘기지 못하고 깨진다.

뻐드렁니로 첫 결혼에 실패한 연예인은 가수 L씨와 방송인 K씨 그리고 탤런트 K씨가 있으며, 두껍고 뒤집힌 입술은 가수 J씨가 있고, 쥐 입으로 첫 결혼에 실패한 가수는 K씨와 방송인 L씨가 있다. 또 가수 M씨는 사각얼굴에 음성이 탁음이라 결혼이 어려운 관상이다. 이혼한 남자 탤런트 L씨는 늘어진 볼 살이 원인이고, 여자 탤런트 K씨는 뒤집힌 입술이 원인이다. 개그맨 B씨는 이혼했는데, 모자가 입이 같아서 배우자 복이 없다.

얼굴속 내운명

초판 1쇄 인쇄   2011년 11월 5일
초판 1쇄 발행   2011년 11월 10일

지 은 이   김광제
펴 낸 이   방은순
펴 낸 곳   도서출판 프로방스
북디자인   DesignDidot 디자인디도
마 케 팅   최관호

주   소   경기도 고양시 일산동구 백석2동 1330번지
            브라운스톤일산 102동 913호
전   화   031-925-5366~7
팩   스   031-925-5368
E - m a i l   Provence70@naver.com
등록번호   제313-제10-1975호
등   록   2009년 6월 9일
I S B N   978-89-89239-60-4 (03810)